JN193810

家族パズル

黒田研二

Kuroda Kenji

講談社

目次

装画　伊藤彰剛
装幀　坂野公一＋吉田友美（welle design）

家族パズル

はだしの親父

1

六年ぶりの我が家を目の前に、夏彦《なつひこ》は重い足取りを止めた。右手の指先は、電車を降りたあたりからピリピリと痺《しび》れたままだ。どうやら、自分で思っている以上に緊張しているらしい。

ひさしぶりに目にする実家は、木製の門に貼りつけられた忌中札《きちゅうふだ》を除けば、六年前となにひとつ変わらなかった。玄関脇でくるくると回るペットボトル製の風車も、アメンボしか泳いでいない水たまりのような池も、すべて昔と同じだ。

足もとに目をやると、たくさんのドングリが転がっている。その中からいびつな形のひと粒を拾い上げ、池のそばに生えた大きなクヌギへと視線を移した。

この木にはずいぶんと世話になったな。

子供の頃を懐かしみながら、大木を見上げていると、

「おかえり」

背中から母の声が聞こえた。

高鳴る鼓動を全身に感じながら振り返る。六年ぶりに顔を合わせた懐かしさと、六年も顔を見せなかった己を恥じる気持ちが複雑に入り交じり、どんな表情を見せればよいかわからない。

ひさしぶりに会った母は、会わなかった年の分だけ確実に歳をとっていた。

「ごくろうさん。疲れただろう？」

六年もの間音信不通だった親不孝者を責めることなく、彼女は昔と変わらぬおっとりした口調でいった。

「早く、お父さんに会ってやっておくれ。春彦《はるひこ》と秋彦《あきひこ》もいるからさ」

「ああ……」

夏彦はぶっきらぼうな返事と共に、家の中へ上がり込んだ。そのまま廊下を進もうとして、ふと後ろを振り返る。

母は正座した状態で土間へ身を乗り出し、夏彦の脱ぎ捨てた靴を丁寧に揃《そろ》えていた。

「あ、ごめん」

声をかけると、母は笑いながらこちらを見返した。

「お父さんも同じように靴を脱ぎ散らかして、そのたびにあたしが整頓《せいとん》していたからね。もう慣れっこだよ。お父さん、身だしなみにはうるさいくせに、こういうところはだらしなかったからさ」

母の瞳が寂しそうに動く。

「玄関は家の顔だからね。どんなときでも綺麗《きれい》にしておかなくっちゃ」

その台詞《せりふ》に、夏彦の頬《ほお》は緩んだ。彼が幼かった頃からずっと変わらない母の口癖である。

「さ、みんなが待ってるよ。早くお行き」

「うん……」

仕事道具が詰まったスポーツバッグを肩から下ろして、長い廊下をひた進む。と、台所のほうから女性同士のおしゃべりが聞こえてきた。ハスキーで関西訛《かんさいなま》りの声には覚えがある。兄嫁に違いない。ということは、もう一人は弟の嫁だろうか。

兄嫁とは結婚式で一度挨拶《あいさつ》を交わしたきり。弟の嫁にいたっては、まだ一度も顔を合わせたことがなかった。彼女たちと会っても、なにをしゃべればよいかわからない。物音を立てぬように気をつけながら、夏彦は抜き足で台所の前を通過した。

廊下の突き当たりまでやって来ると、ふすまの向こう側から兄春彦の豪快な笑い声が聞こえてきた。右手の指先を軽く揉《も》み、深く息を吸い込んでからふすまを開ける。赤ら顔の二人が、同時にこちらを振り返った。

「おお、夏彦」

屈託ない笑顔を見せながら、春彦が手招きする。

「ずいぶんと遅かったじゃねえか。いい加減、待ちくたびれたぞ」

「ごめん。仕事が長引いちゃって」

バッグを部屋の隅に置き、あらかじめ考えておいた言い訳を一気に吐き出した。もちろん、嘘《うそ》だ。正午過ぎ、春彦から『親父が亡くなった』と連絡をもらったとき、すでにその日の仕事は終わっていた。すぐに出発していれば、明るいうちに到着できただろう。しかし、夏彦にはなかなかその勇気を持つことができなかったのである。

「大丈夫。まだ九時だもん。父さんと話をする時間はたっぷりあるよ」

空《から》のコップに日本酒を注《つ》ぎながら、弟の秋彦がいった。昔に較《くら》べると、かなり恰幅《かっぷく》がよくなったようだ。

「さ、そんなところに突っ立ってないで、夏彦兄ちゃんも早く座って」

「おまえの席はちゃんと用意してある。ここだ、ここ」

秋彦の隣に敷かれた座布団を、春彦が強く叩《たた》いた。その振動で、コップになみなみ注がれた酒があふれる。だが、春彦も秋彦もそんなことにはまったくおかまいなしだ。

「待って。まず、親父に挨拶してから」

居間の中央には薄手の布団が敷かれ、そこには白布で顔を覆われた父が横たわっていた。膝《ひざ》を折って座り、そっと白布を持ち上げる。枕飾りに置かれたロウソクの炎がわずかに揺れた。

父は眠っているようにしか見えなかった。いや、眠っているのなら、隣の家まで聞こえるくらいのけたたましい鼾《いびき》をかいていなければおかしい。ということは、やはり死んでいるのだろう。死んだ父を目の当たりにしても、なんら取り乱すことのない自分に驚く。俺にとって、親父とはそれだけの存在でしかなかったのだろうか？

てのひらを合わせ、ごめん親父、と謝った。なにを謝ったのかは、夏彦自身にもよくわからなかった。

「さ、さ。おまえも飲め。まずはぐうっといけ」

秋彦の隣に腰を下ろすと、向かい側の春彦がすかさず一升瓶を突き出した。高校時代、父に反発ばかりしていた兄は、なぜか父と同じ教職の道へ進んだ。毎日、やんちゃな中学生を相手にしているせいか、もともと筋肉質だった彼の身体は一段とたくましくなったようだ。今、本気の兄弟喧嘩《げんか》をしたら、数秒で負かされるに違いない。下手に逆らわないほうがいいだろう。

コップを手に取り、兄に酒を注いでもらう。急《せ》かされるまま、透明な液体を一気に飲み干した。独特の香りと強烈な酸味に軽く咽《む》せる。昔から父が好んで飲んでいた地酒だった。

「……親父のこと、教えてくれる？」

口もとを拭《ぬぐ》い、ためらいがちに言葉を紡《つむ》ぐ。視線は畳の上から動かせなかった。兄の目を直視することは、簡単そうで難しい。

「俺……親父が癌《がん》だったなんて、今日まで全然知らなかったからさ」

「なんだよ。いきなり辛気くせえな」

春彦が不満げな声を漏らした。

「癌が見つかったのは二年前だ」

目の前に空のコップが突き出される。顔を上げると、春彦が顎《あご》で一升瓶を示した。俺にも注げといっているらしい。

「一昨年の秋頃から急に、変な咳《せき》をするようになってな。風邪かと思ったんだけど、あまりにも長く続くもんだから、お袋が無理矢理病院へ連れていったんだ。そうしたら、その場で即入院。肺を半分切り取った」

しかし、そのときにはもう癌はリンパへと転移していたらしい。その後も入退院を繰り返したが、快方に向かうことはなく、父は日に日に衰弱していったという。

「だけどさ、最初は余命半年っていわれてたんだよ。それが二年だもの。父さんはよく頑張ったよ」

秋彦が口をはさんだ。綺麗に揃えられた口ひげが、日本酒に濡《ぬ》れて艶《つや》やかに光る。全国にチェーン店を持つファミリーレストランへ就職した弟は、今年ついに一軒任《まか》されるまでになったらしい。それ以降、ひげを伸ばし始めたそうだ。これらはすべて、今日の昼間、春彦からの電話で初めて知ったばかりの情報だった。

「……親父、普通の死に様じゃなかったんだろう？」

携帯電話越しに耳にした春彦の言葉を思い出す。

——親父の奴、病院の中庭で死んでたんだとさ。幸せそうな表情を浮かべてたって話だ。芝生の上でひなたぼっこをして、そのままうたた寝しちまったみたいにな。

「今朝一番で出勤した看護師さんが見つけたんだって」

濡れたひげを撫《な》でながら、秋彦がいう。

「夜勤の看護師さんの話だと、午前二時の巡回のときは病室にいたらしいから、そのあと外へ出て、ころっと逝《い》っちまったんだろうな」

春彦があとを継いだ。

「死因は？」

「肺癌による心不全。なんだ、おまえ。刑事みたいな訊《き》きかたするなよ。まさか、誰かに殺されたとかいい出すんじゃねえだろうな」

父の身体は解剖されたが、疑わしい点はなにひとつなかったという。ひと晩だけでも自宅の布団に寝かせてやりたいという、母のたっての願いが聞き届けられ、遺体は夕方には自宅へと運ばれた。

「だけど、どうして病院の庭なんかで……」

「親父、昨日はわりと調子がよさそうだったからな。夜風に当たりたくて、散歩にでも出かけようと思ったんじゃねえか？」

「夜中の二時過ぎに？」

「一日中、ベッドの上なんだ。そんな気分になることだってあるだろう」

「いや、兄ちゃん。でもさ……」

秋彦が太い眉《まゆ》をひそめた。

「駆けつけてくれた友達がいってたよ。ゆうべは午前一時から三時過ぎまで雨が降ってたって」

秋彦の視線はゆっくりと父のほうへ向けられた。

「父さんは雨の降る中、散歩に出かけたわけ？」

春彦は怒っているのか困っているのか判断に苦しむ表情を浮かべ、酒をあおった。

「おまえのいうとおりだな。ちょっとばかり腑《ふ》に落ちないところはある」

「ちょっとどころか、だいぶ腑に落ちないってば」

「まあ、落ち着け」

両方のてのひらを弟に向け、わずかな間《ま》をおいてから春彦は続けた。

「実をいうとな、ほかにも気になることがあったんだ」

そういって、新聞紙の上に並べられた馬鹿でかいスルメを一枚手に取る。

「親戚への連絡や通夜の準備で一日中バタバタ動いてたから、おまえらには話してなかったけどな――」

スルメをくわえたまま、唇だけを器用に動かした。

「中庭で発見されたとき、親父は上等なスーツを着込んでいたらしい」

「なんだ。そんなことか」

秋彦が安堵《あんど》混じりの酒くさい息を吐き出す。

「末期癌の入院患者が病院の中でスーツを着ていたら、そりゃなにも知らない人は驚くだろうけどさ。俺らにとっては不思議でもなんでもないじゃん」

「ああ、そうだな」と、夏彦も同意した。死を悟った父はおそらく、みっともない格好で最期を迎えたくなかったのだろう。だから、わざわざスーツに着替えてベッドを抜け出したのだ。

昔から、身だしなみや体裁には異常なほど気を遣う人だった。他人に格好悪い姿は見せられないと、庭に出るだけでも外出用の服に着替えていたくらいである。それは家族に対しても同じで、さすがに家の中では軽装で過ごしていたが、誰の前であってもだらしない格好を見せたことがなかった。夏彦の記憶の中の父は、今でも背すじを伸ばし、難解なタイトルの本を読みふけっている。

「人一倍体裁を気にする父さんが、スーツを着て病院の庭を歩いたところで、べつに不思議でもなんでもないだろう？」

「でもな」

秋彦の言葉を、春彦はさえぎった。

「親父、靴を履いてなかったんだぞ」

秋彦の眉間《みけん》にしわが寄る。おそらく、夏彦も同じ表情を浮かべていたのだろう。春彦は弟たちの顔を覗《のぞ》き込み、にやりと笑った。

「な。おかしな話だと思わねえか？」

スーツを着込み、はだしで病院の中庭を歩く父の姿を想像する。確かにそれは奇妙な光景だった。

「父さんが倒れたあと、近所の野良犬がどこかへくわえてっちゃったんじゃないのかな」

「いや、それはない。親父の靴下は泥で真っ黒に汚れていたからな。庭は雨でぬかるんでた。靴を脱いで歩いたのでなければ、あんなふうに汚れるはずはない」

「靴下は履いてたんだよね？」

「ああ。ブランドものの高級品をな」

春彦は声をひそめ、彼には似合わぬ真面目《まじめ》な面持ちでいった。

「真夜中、親父は靴も履かずに、雨の降る中庭を歩いていた。どうしてだと思う？」

2

胸ポケットの携帯電話が、この場にそぐわない陽気なメロディーをかき鳴らした。チャイコフスキー作曲の《道化師の踊り》。

「なんだよ、その着メロ」

秋彦が肩を揺らして笑う。夏彦は内心焦《あせ》りを感じながら、しかし動揺していることは悟られぬように部屋を出た。廊下を小走りで駆け抜け、靴を履いて外へ出たところで、通話ボタンを押す。

『無事、到着しましたか？』

師匠のよく通る声が受話口から流れ出した。誰かに聞かれてはまずいと思い、慌てて庭の隅まで移動する。

「ついさっき、帰ってきました。いろいろとご心配をおかけして申し訳ありません。明後日《あさって》には戻りますから」

『なにをおっしゃってるんですか。ひさしぶりの実家でしょう？　めいっぱい親孝行してもらわなければ、私が亡くなったお父様に恨《うら》まれてしまいます。これまでの分も含めて、しっかり甘えてきてください』

「はあ……」

なんと答えればよいのか、夏彦は戸惑った。

『正直に告白しますとね、あなたが素直に実家へ戻るかどうか、私は少々不安に思っていたんですよ』

師匠に、父の話をしたことは一度もない。それなのに、彼はなにもかも見抜いていたようだ。師匠はそういう人である。今さら、これくらいのことで驚きはしない。

三兄弟を比較した場合、もっとも真面目で素直だったのは夏彦だろう。学校の成績はいつも上位だったし、両親のいいつけには不満をいわず従った。短気で乱暴者だった春彦は「夏彦のようにもう少し落ちつけ」と、友達を作ることが苦手だった秋彦は「兄ちゃんみたいに明るくなれ」と、父に繰り返し叱《しか》られていたようだ。それくらい、子供の頃の夏彦は「いい子」だった。父にとっては自慢の存在だったに違いない。

だが、夏彦自身は決して父を慕っていたわけではない。気に入らないことがあるとすぐに癇《かん》癪《しゃく》を起こす父は、ただただ恐ろしい存在でしかなかった。世間体ばかりを気にする彼に気に入られるためには、とにかくいい子でいなければならない。そう悟った夏彦は、自分の気持ちを押し殺し、ひたすらその役を演じ続けてきた。

——おまえは本当にいい子だな。

父は夏彦のことを、繰り返し褒めた。そのたびに夏彦は「ありがとう」と返したが、それは単なる言葉の羅列でしかなかった。本心から父に感謝したことなど、実は一度もない。

都心へ就職を決め、実家を離れると、それまで抑え込んできた感情が一気に噴き出した。父がいなければ、いい子を演じる必要などない。いい子でいることに、彼は疲れてしまっていたのだ。

上司と喧嘩をして、わずか半年で会社を辞めると、その事実を家族に打ち明けることができぬままノリーターを始めた。師匠と出会ったのはそんなときである。

新装開店したばかりのショッピングモール。アイスクリームの売り子をしていた夏彦は、そこで動物をかたどった風船を配る道化役者を見かけた。真っ赤な鼻に大きな口。ぼさぼさの髪の毛にだぶだぶの衣装。バナナの皮で滑り、放り投げたボールに頭をぶつける。そんな格好悪い姿に、客たちはげらげらと腹を抱えて笑っていた。

夏彦はなぜかその大道芸人に惹《ひ》かれ、自分もあんなふうになりたいと願った。目を見張るジャグリングの技に驚嘆したせいもあるが、それだけではない。世間体ばかりを気にして生きている父に反抗する気持ちもあったのだろう。

自分がアイスクリーム販売員であることを忘れ、彼は一日中、クラウンのあとを追いかけた。アイスクリーム屋の店長に「クビだ」と怒鳴《どな》られたあとは、クラウンの控え室へ直行し、「弟子にしてください」と土下座した。あれほど大胆な行動をとったのは、あとにも先にもそのときだけである。

あれから六年。夏彦は、師匠の一番弟子として厳しい修業を続けてきた。厳しかったが、つらくはなかった。子供たちの笑顔を見るたびに、心が弾《はず》んだ。日々、幸せを分け与えていることを実感し、見習いとはいえ、クラウンでいられることが、嬉《うれ》しくて仕方がなかった。

——そろそろ、あなたも一人前ですね。

師匠にそういわれ、初めて一人きりで舞台に立ったのが今日である。

夏祭り会場のイベント広場。ここ数日、ぐずついた天気が続いていたが、昨夜の予報ははずれて朝から雲ひとつない青空が広がった。客のウケもよく、夏彦は大きな手応《てごた》えを感じていた。

父が死んだと春彦から連絡をもらったのは、ショーが終わった直後だ。一体どこで調べたのか、兄は夏彦の携帯電話番号を知っていた。

『あなたはすぐに家へ戻らなくてはなりませんでしたし、私もあとかたづけや次回の打ち合わせで動き回っていましたから、なにも話せませんでしたけど——』

師匠は少しだけ間をおいて、次の言葉を発した。

『今日のショーは大成功でしたね。おめでとう』

「ありがとうございます！」

思わず声が大きくなった。師匠は気休めのおべんちゃらをいうような人ではない。彼に誉《ほ》められたのは、これが初めてだった。

『まあ、天気に救われたところもありましたけどね。あなたは青空の下だと、なぜか普段以上の実力を発揮しますから』

子供の頃からそうだった。晴れた日の運動会では必ず一番になり、高校時代に在籍したサッカー部でも、太陽が出ていれば確実にシュートを決めた。天気がよければそれだけで気持ちが安定するのだから、単なるジンクスと馬鹿にするわけにもいかない。

『しかし、今回うまくいったからといって調子にのってはダメですよ。あなたはようやくスタートラインに立ったところなんですからね』

「はい！」

夏彦は力強く頷《うなず》いた。よほど声に張りがあったのだろう。電話の向こうで師匠が小さく笑った。

『今日のこと、お父様には報告しましたか？』

「………………」

言葉に詰まる。

『どうしました？　途端《とたん》に元気がなくなりましたね』

「……親父には話せません。あの人はたぶん、今の仕事を認めてはくれないでしょうから」

父だけじゃない。夏彦は家族の誰にも、大道芸人になったことをしゃべってはいなかった。知れば、きっと呆《あき》れ返るに違いない。そんなものになるために大学まで行かせたんじゃないよ。俺たち兄弟の中で一番頭のよかったおまえがピエロ？　なにやってんだか。兄ちゃん、友達にはいわないでくれよ。恥ずかしくて街を歩けなくなるから。彼らの嘲笑《あざわら》う姿が目に浮かぶ。大道芸人という職業に誇りは持っていたが、周囲の人たちは簡単には理解してくれないだろう。

『あなた――』

師匠はなにか口にしようとしたが、寸前で思いとどまったらしく、

『まあ、いいでしょう。あなたの好きにしなさい』

冷たく言葉を紡いだ。

『とにかく、親孝行を忘れてはいけませんよ。これは命令です。あと一週間、帰ってくることは許しません。守れなければ破門ですからね』

最後にそう宣告され、師匠からの電話は切れた。

「親孝行……か」

風に揺れるクヌギの枝を見つめ、昔を思い返す。

毎年七夕になると、ここへ短冊を吊した。春彦が『宇宙旅行をしたい』、秋彦が『アイドル歌手と結婚したい』と無邪気な願いごとを書き綴《つづ》る中、夏彦だけは『みんなに喜ばれる人になりたい』と記し、父に頭を撫でられた。もちろん本心から書いたものではない。そのように書けば父が誉めてくれることを知っていたから――ただそれだけのことだった。

結局、そのときの願いごとを実現させた者は一人もいなかった。しかし、一番罪深いのは夏彦だろう。宇宙旅行やアイドル歌手との結婚はかなわなくとも、兄は父と同じ職業に就き、弟は有名レストランの店長となって、父や母を喜ばせたはずだ。

「大道芸人になりましたって報告するのは、やっぱり勇気がいるよ」

自嘲《じちょう》気味に、夏彦は唇の端を曲げた。

大木の幹に触れ、静かに目を閉じる。クリスマスには靴下を、運動会の前日にはてるてる坊主を吊したこの木は、夏彦たち兄弟にとって特別な存在だった。この木に向かって、何度願いごとを唱えただろう。誰にも話せなかったことでも、この木の前でなら口にすることができた。

今の俺なら、どんな願いごとを唱えるだろう？

しばらく考えたが、なにも思いつかなかった。

深いため息をつき、家の中へ戻る。廊下を数歩歩いたところで立ち止まり、踵《きびす》を返して、土間に脱ぎ捨てた自分の靴を丁寧に揃えた。

今の夏彦には、それくらいのことしかできなかった。

3

居間へ戻ると、春彦が腹をよじって大声で笑っていた。秋彦はそんな兄を見下ろし、呆れた表情を浮かべている。

「ずいぶんと盛り上がってるな」

「おい、聞いてくれよ。傑作だから」

春彦は苦しそうに悶えながら、夏彦の足の甲を手加減なしに叩いた。

「そんなに馬鹿笑いするほどの話かな？」

秋彦が口をとがらせる。

「いや、おまえはすげえ。並の神経だったら、恥ずかしくてとてもそんな真似できねえよ」

「なにをやらかしたんだ？」

秋彦に尋ねると、彼は犬の水浴びみたいにぶるぶると首を振った。

「いわない。兄ちゃんの馬鹿笑いを眺めてたら、なんだか自分のやったことが無性に恥ずかしく思えてきた。このまま墓まで持ってくことにする」

「それは無理だ」と、春彦が真顔に戻って答える。

「どうして？」

「俺がいいふらすからな」

そう口にするや否《いな》や、彼はまたげらげらと笑い出した。

「秋彦。おまえは家へ帰ってくるたびに、面白いエピソードを披露してくれるから飽きねえや。小さい頃はあんなにおとなしかったのにな」

「昔のことはいうなって」

秋彦は恥ずかしそうに首をすくめた。

春彦のいうとおり、幼い頃の秋彦はひどく内向的で、友達もほとんどいなかった。学校も休みがちで、部屋に閉じ籠《こ》もっていることが多かった。今の時代なら確実に、ひきこもりと呼ばれていただろう。

「おまえ、いつの間にそんなにも社交的な性格になったんだ？」

春彦の言葉をきっかけに、昔の記憶が頭をもたげた。

「俺、覚えてるよ。秋彦が変わった日の出来事」

そう口にする。

「え？　マジか、夏彦。教えろ、教えろ」

興味津々な面持ちで、春彦が身を乗り出した。

「俺が小学五年生のときだから……十八年前になるのかな？　夏休みの真っ最中で、確かものすごく暑い日だった……」

いったんしゃべり出すと、それまでしまい込んでいた思い出の数々が、数珠繋《じゅずつな》ぎになって脳味噌の引き出しからあふれ出してきた。

「そう――兄貴は友達とキャンプに出かけてたんだ。お袋もいなかったような……どうしてだろう？」

「母さんは町内会の旅行に出かけてたんだよ」

秋彦はそう答えると、コップの中の酒を一気にあおった。耳が赤いのは、酒に酔ったせいばかりではないだろう。

「親父は朝から書斎で分厚い本を読んでて――家には俺と秋彦と親父の三人しかいなかった」

「ああ、俺も思い出したぞ」

春彦が自分の両膝を叩く。

「秋彦の可愛《かわい》がってた金魚が病気になったんじゃなかったっけ？」

「金魚じゃないよ。ドワーフグラミー。熱帯魚だ」

即座に秋彦が訂正した。

「朝から全然餌《えさ》を食べなくってさ。おかしいなと思ってよくよく観察したら、ヒレに白い斑点《はんてん》がいくつもくっついてたんだ」

「『フユヒコが病気になったあ！』ってわんわん泣きながら、俺のところへやって来てな」

「そうそう。あの金魚、フユヒコって名前だった」

「だから、金魚じゃないってば」

むきになって訂正する秋彦の顔は、ファミレスの店長ではなく、三兄弟の末っ子のそれだ。

「飼い方の本で調べて、白点病《はくてんびょう》らしいとわかった。このままじゃ死んじゃうかもしれない。そのことを父さんに話して、三人で隣町のペットショップへ向かったんだ」

「しかし、おまえたちの努力も虚《むな》しく、フユヒコちゃんは帰らぬ人となってしまいました」

「死んでないよ。フユヒコはそのあと旦那《だんな》をもらって、子供をたくさん産んで、その子孫は今もまだうちのリビングで元気に泳いでるんだから」

「おい。フユヒコってメスだったのかよ」

弟をからかう兄と兄に抵抗する弟の微笑《ほほえ》ましいせめぎ合いを見物しながら、夏彦は続けた。

「幸い、魚の病状はまだそれほど進行していなかった。ペットショップで対処法を教えてもらって、その場は収まったんだけど……」

事件が起こったのは、ペットショップからの帰り道だった。

「秋彦がうっかり手を滑らせて、魚の入った水槽を地面に落としてしまったんだ。水槽は粉々に砕け散った」

「あちゃあ。一難去ってまた一難。試練が続くねえ」

「『フユヒコが死んじゃう！』って、秋彦は半狂乱で泣き叫んでたよな。俺もどうしていいかわからず、ただおろおろするばかりだった。そのとき、親父がいったんだ。『夏彦。今すぐ家に戻って、倉庫から金魚鉢を持ってこい！』って。家まではまだ一キロほどあった。間に合うかどうかはわからなかったけど、俺はいわれたとおりに全速力で走ったよ」

「かっこいいじゃねえか。ハリウッド映画の主人公みたいだ。スケールはめちゃくちゃ小さいけどな。で、秘密兵器キンギョゥバーチィは手に入ったのか？」

「すぐに見つかったよ。でも、大きなヒビが入ってて、使いものにはならなかった」

「おお。これまた映画みたいな展開だな。マジでドキドキしてきたよ」

ポップコーン代わりのスルメをかじり、春彦は目を輝かせた。

「見つけた金魚鉢は役に立たない。で、おまえはどうしたわけ？」

「金魚鉢の代わりになるものを捜したが、なにも見つからない。台所に行けば、コップや鍋があったんだろうけど、玄関には鍵がかかっていたしな。仕方なく、俺は隣の家のドアを叩いた。でも、留守らしく誰も出てこない。今度は道路を横切って向かいの家へ。記憶はそこでぷっつり途《と》切《ぎ》れてる」

「……へ？」

「全力で走り続けたせいで熱射病にかかって、ぶっ倒れたんだ」

目を覚ますと、そこは我が家だった。額には冷たいタオルがのせられ、父が上半身をうちわであおいでくれていた。父の背中に隠れるように、ほっとした表情の秋彦が立っていた。

『魚は？』って親父に尋ねた。秋彦の顔を見れば、無事だってことはわかったけどな。『心配するな。元気に泳いでるよ』と親父は答えた。起き上がって玄関へ走ると、靴箱の上に真新しい水槽が置いてあって、その中でフユヒコが気持ちよさそうに泳いでたよ」

そのときの光景は、なぜか今でも鮮明に思い出すことができる。白点病の治療薬を投入したせいだろう——水槽の水は真っ青で、ガラスの表面には周りの景色が反射して映っていた。夏彦の顔、玄関脇に貼りつけられたカレンダー、土間に転がる靴クリーム、整然と揃えられた親父の靴……。

「で？」

春彦がいった。

「で？　っていわれても、話はこれでおしまいだけど」

「なんだよ、それ。中途半端だな。親父は家までどうやって金魚を持ち帰ったんだ？」

「さあ？」

「なんだよ、それ」

春彦は同じ台詞を繰り返した。

「もったいぶらずに教えろって」

「本当に知らないんだってば。秋彦に訊いても、にやにや笑うばかりでさ。結局、なんにも教えてくれなかった」

夏彦が知っているのは、その日を境に内向的だった秋彦の性格が百八十度変わった——それだけである。

「秋彦。おまえは知ってるはずだな」

春彦は弟の首に腕を回した。

「金魚はなぜ生き延びることができた？」

「だから、何度もいわせるなって。ドワーフグラミーは金魚じゃないよ」

「話の論点はそこじゃねえ。グラミーでもケジラミでも、そんなものはどうだっていいんだよ。俺が知りたいのは映画の結末だ」

「謎を残したままジ・エンドってのもカッコイイと思わない？」

「全然思わねえよ。さっさと白状しろ」

春彦は、弟の首をぐいぐいと絞めつけていく。

「ダメ。いえないよ。父さんとの約束だから」

「……え？」

隙を見せた兄から逃げ出し、大袈裟《おおげさ》に喉《のど》をさすりながら秋彦はいった。

「あの日、父さんにいわれたんだ。今日のことは絶対、誰にもしゃべるなって」

4

春彦が立ち上がる。

なにをするのかと見ていると、眠る父を覗き込んで、「おいおい、親父さんよお。そいつはちょっとズルイんじゃねえか？」と、愚痴をこぼし始めた。

「家族に隠しごとはするなと、俺に散々説教たれといて、自分は平気で隠しごとかよ」

もちろん、本気で怒っているわけではないだろう。そうやって父にじゃれているのだ。

「兄ちゃん、父さんによく怒鳴られてたもんね」

秋彦が、懐かしいものでも見るように目を細めた。

「怒鳴られただけじゃねえぞ。何度殴られたことか」

「仕方ないよ。大半は兄ちゃんが悪かったんだから」

「そりゃまあ、そういわれると、俺はなにひとつ反論できねえけどな」

「兄貴、つっぱってたし」

高校時代の春彦を思い出し、夏彦は小さく肩を上下させた。あの頃、春彦は悪い仲間とつき合い、父と衝突ばかり繰り返していた。

「やめてくれよ。この前、嫁さんに昔のアルバムを見られて絶句されちまったんだから。なにこれ、馬鹿の仮装大会？　って」

「あの頃の兄ちゃんって父さんを殺しそうな勢いだったのに、ある日突然おとなしくなっちゃったんだよね」

「ああ……そうだったかもしんねえ」

照れたように、春彦は鼻の頭を掻《か》いた。

「なにがあったの？」

「忘れた」

再び畳の上にあぐらをかき、兄は残り少なくなった酒に手をかける。

「いつまでもガキみたいなことはやってられねえって悟ったんだろうな」

「だから、そんなふうに思うきっかけがあったはずだろう？」

「忘れたっていってるだろ。しつこいな、おまえも」

春彦が嘘をついていることは一目瞭然《いちもくりょうぜん》だった。兄弟なのだから、それくらいは容易にわかる。

「なんで隠そうとするかなあ」

秋彦が口をとがらせた。

「家族に隠しごとをするなって、父さんにいわれなかった？」

「馬鹿野郎。隠しごとをしてるのはおまえのほうだろうが」

「俺は父さんに黙っていてほしいって頼まれたから仕方なく――」

「うるせえ、うるせえ。この話はおしまいだ」

あたりに唾《つば》をまき散らし、春彦は吠《ほ》える。

「俺、覚えてるよ」

べつに、話してもかまわないだろう。秋彦の耳もとに顔を寄せ、夏彦は囁《ささや》いた。

「兄貴が真人間に戻った日の出来事」

「真人間ってなんだよ、おい」

小声でしゃべったつもりが、ボリューム調整に失敗して、本人に筒抜けだったようだ。少々、酔ったかもしれない。

「まるで、それまでの俺が人でなしだったみたいじゃねえか」

「間違ってないと思うけど」

軽口を叩く。最初こそ緊張したが、アルコールの助けもあって、舌の回りはずいぶんと滑らかになっていた。やはり兄弟だ。六年の空白なんてすぐに埋まってしまう。

「で、兄ちゃんの身になにが起こったの？」

秋彦にシャツの裾《すそ》を引っ張られ、夏彦は記憶の引き出しをまたひとつ開けた。

「俺が高校受験に必死だった頃だから……十四年前かな？　あの日はすごく寒くて……そうそう、昼からずっと雪が降り続いてた。俺は自分の部屋で勉強をしていて——」

「なんなんだ、おまえのそのはた迷惑な記憶力は？」

春彦が声を荒らげる。

「夏彦兄ちゃん、昔から記憶力抜群だったもんね」

「そういえば、親父にもよく誉められてたよな。弟に負けて恥ずかしくないのか？　って何度怒鳴られたことか」

たぶん、春彦がぐれた原因はそのあたりにもあったのだろう。だが記憶力ばかりよくたって、なんの自慢にもならない。夏彦は自嘲気味に笑った。今の自分を見ればそれは明らかだ。

「十四年前の冬か。そのとき、俺はなにをやってたんだろう？」

自分の顔を指差し、秋彦が尋ねる。

「おまえは隣の部屋で、鼾をかいて眠ってたよ」

「じゃあ、事件は真夜中に起きたんだ」

「べつに……事件って呼ぶほどのもんでもねえけどな」

ぶつぶつと春彦が呟《つぶや》く。

「あの頃、兄貴は夜遊びばかりしてて……問題の日も午前〇時を過ぎて、ようやく家に帰ってきたんだ」

「うわあ。父さんは怒っただろうね」

「もちろん大激怒。親父の怒鳴り声は二階の俺の部屋まで届いたよ。たぶん、近所にも聞こえてたんじゃないかな」

「親父の声は破壊的にでかかったからな。喉に小型のウーハーが埋め込まれてるんじゃねえかって、本気で疑ったこともあったよ」

おどけた調子で春彦がいう。そうやって、話をそらせようとしているのは明らかだった。

「兄貴も負けてなかったけどな。二人の大喧嘩はスター・ウォーズなみの迫力だったから」

「俺がルークで、親父がダース・ベイダーか」

「いや、兄貴がアナキンで、親父がオビ＝ワン」

「俺が悪者かよ」

春彦が飛ばした唾を素早くよけ、夏彦は先を続けた。

「当の兄貴たちは気づかなかったと思うけど、あのときの喧嘩は本当にすさまじかった。お袋が気の毒だったよ。しばらくするとおろおろしながら二階に上がってきてさ、『夏彦、どうしよう？　あたしじゃ無理だ。あんたが仲裁に入っておくれよ』って泣きついてきた」

このまま放っておいたらどちらかが大怪我《おおけが》をするかもしれない、と夏彦も心配しかけたところだった。面倒に巻き込まれたくはなかったが、母に頼まれては仕方がない。鉛筆を置き、腰を上げた。

と、そのとき。

――俺みたいな出来損ないは産まれてこなきゃよかったのに、と思ってるんだろう？

春彦の叫び声が響き渡った。

――親父は体裁ばかり気にするちっせえ男だからな。ああ、わかったよ。だったら、お望みどおりに消えてやるよ！

続けて、玄関の引き戸を乱暴に開ける音。反射的に窓の外へ目をやると、雪の積もった自宅前の路地を、兄が猛スピードで駆けていく姿が見えた。

――待て！

春彦の背中を父が追いかける。

「兄貴は昔から逃げ足だけは速かったからな。二人の距離は離れていく。『どうしよう？　どうしよう？』ってお袋はおろおろするばかり。このまま兄貴は帰ってこないんじゃないかって、俺も不安になったよ」

そこまでしゃべって、春彦の様子をうかがう。照れ隠しなのか、彼は瓶底に残ったわずかな酒を懸命にコップへと移し替えていた。

「でも、兄ちゃんは家を出て行かなかったんだろう？」

弟の問いに、夏彦は「ああ」と頷く。

「ここからが俺にもよくわからないんだ。『追いかけてくんな、馬鹿野郎！』――そう叫びながら後ろを振り返った兄貴は、なぜか急にその場へ立ち止まった」

まるでそこだけ時間が止まったかのように、春彦は身体を硬直させたままぴくりとも動かなくなってしまったのだ。

――馬鹿野郎！

ようやく追いついた父が、春彦に殴りかかる。

「兄貴はそのまま、親父の胸の中に泣き崩れた……」

「へえ」

秋彦の口から驚きの声が漏れた。

「俺も自分の目を疑ったよ。兄貴が泣いている姿なんて、それまで見たことがなかったからな」

「馬鹿野郎」

空になったコップをあおり、春彦が父そっくりな悪態をつく。

「俺だって、涙腺《るいせん》くらいはついてるんだよ」

そう口にした兄の耳は、モミジのように真っ赤だ。

「それからどうなったの？」

嬉々《きき》とした表情で、秋彦が尋ねる。

「お袋と一緒に階段を降りると、ちょうど二人が戻ってきたところだった。『こいつ、まだ晩飯を食ってないそうだ。なにか作ってやれ』――それだけいうと親父は書斎へ入っていった。玄関に突っ立ったままの兄貴は、肩を震わせながら泣いてたな」

そのときの光景が脳裏によみがえる。

「懐かしいな。靴箱の上にはまだ水槽が置いてあって、おまえの魚が心配そうに兄貴のほうを眺めてたよ。兄貴はいつまでもぽろぽろと泣くばかりでさ、涙が親父の革靴にこぼれ落ちて……。『汚したら、またお父さんに怒られるよ』って、お袋が靴の表面を拭ってたっけ」

あの日以来、春彦は父に心を開くようになったのだ。教師を目指して勉強するようになったのもその頃からだろう。

「なあ、兄貴」

夏彦は尋ねた。

「あの夜、なにがあったんだ？」

しかし、春彦は聞こえないふりをする。

「酒、なくなっちまったな」

「なあ、兄貴ってば」

「おまえら、飲むペースが速すぎるんだよ」

空の一升瓶を振り回しながら、兄は大声を張りあげた。

ダメだ。答える気はまるでないらしい。

十四年前。大雪の降った晩。

父と喧嘩をして家を飛び出した春彦は、父を振り返り、そこでなにを見たのだろう？

5

隣の部屋で電話のベルが鳴り響いた。スリッパのこすれる音が響き、続いて母の声が聞こえてくる。

「こんな時間に誰だ？」

壁に掛かった柱時計を見やり、春彦が眉をひそめた。すでに十一時を回っている。

しばらくして、母がやって来た。

「電話、誰から？」

春彦が尋ねると、母は息子たちの顔を順番に眺め、最後に父へ目をやって、

「病院」

なぜか満足そうな笑みを浮かべながら答えた。

「こんな時間になんだよ？」

「お父さんの靴が見つかったってさ」

兄弟三人はおたがいの顔を見合わせた。

「どこにあったの？」

秋彦が尋ねる。

「病院の廊下に転がってたって。お父さんの病室の真ん前にあったらしいから、もしかしたらお父さんが途中で脱ぎ捨てたのかもしれないね」

夜勤の看護師が見つけてナースステーションに保管しておいたそうなのだが、申し送りを忘れたらしく、今になってようやく判明したらしい。

「お父さん。最後に突然、はだしで歩いてみたくなったのかねえ」

母は笑って答えた。まさか、いくら死期が迫っていたとはいえ、父がそんな子供じみた真似をするとは思えない。

「あれ、お父さんのお気に入りの靴だったんだよ。できることなら、お棺の中に一緒に入れてあげたいんだけど……」

「よし。だったら、俺が今から取りに行ってやるよ」

膝を叩き、春彦が立ち上がった。

「ちょうど酒も空になったところだったしな。ついでにコンビニで焼酎《しょうちゅう》でも仕入れてくるわ」

「あ、俺、ワインがいい」

秋彦が右手を上げる。

「ワイン？　この状況で、普通はワインなんて飲まねえだろ？」

「べつにいいじゃん。父さん、ワインも好きだったしさ」

「俺、ワインなんてわかんねえから、なにを買ってくればいいかさっぱりだぞ」

「だったら、あんたたち三人で行っといでよ」

ものすごい名案でも思いついたかのような勢いで、母が手を叩く。

「兄弟三人が顔を合わせるなんて、ひさしぶりのことだろう？　せっかく盛り上がってるのに、引き離しちゃうのは申し訳ないよ。今度はいつ会えるかわからないんだし、三人で行っといで」

その間、お父さんはあたしが見ているからといわれ、半ば強引に追い出されてしまった。母も、父と二人きりで語り合う時間を最後に持ちたかったのだろう。それがわかったから、夏彦たちは素直に母の言葉に従った。

虫の声しか聞こえない夜道をゆっくりと歩く。空を仰ぐと、雲の隙間《すきま》に天の川がぼんやり浮かんで見えた。都会に住んでいると、毎日のように周りの景色が変化していくが、このあたりは昔のままなにひとつ変わっていない。

「親父ってワイン好きだったの？」

前を歩く春彦に尋ねる。

「ああ。凝り出したのはここ四、五年かな。品種がどうとか、産地がどうとか、飲むたびに蘊蓄《うんちく》を語るもんだから、聞いてるこっちは鬱陶《うっとう》しくて」

「飲みながら聞く父さんの蘊蓄話、俺は好きだったけどな」

「あんなの聞いてて楽しいか？　おまえってホント変わってるな」

「いまどきワインに興味がないっていう兄ちゃんのほうが変わってると思うけど」

二人の会話を聞くうちに、胸のあたりがちくちくと痛み始めた。理由はわかっている。

「どうした？　急に押し黙って」

春彦が怪訝《けげん》そうに訊いた。秋彦も心配そうに顔を覗き込んでくる。

「夏彦兄ちゃん、飲み過ぎたの？」

「いや」

力なく首を振る。

「ただ……ちょっと後悔しているだけだ」

「後悔ってなにを？」

「俺だけ、親父と酒を酌《く》み交わすことができなかったなって」

子供の頃の自分にとって、父はただ怖いだけの存在だった。もし一緒に酒を飲んでいたら、その関係は変わっていたかもしれない。だが結局、その日は訪れなかった。

「六年も顔を見せなかった俺のことを、親父はどう思っていたんだろう？」

なにか口にしようとした春彦にてのひらを向け、さらに言葉を重ねる。

「いや、答えはわかってるよ。親不孝者と呆れ返っていたに違いないんだ」

春彦はこれ見よがしなため息を吐き出した。

「馬鹿だな、おまえ」

「知ってるよ、そんなこと」

「いいや、なにもわかっちゃいねえ」

ズボンのポケットに手を入れ、兄は鼻を鳴らした。

「なあ、夏彦。俺たち兄弟の中で、誰が一番親父の性格を受け継いでると思う?」

夏彦は少し考え、「兄貴かな?」と答えた。

「すぐにカッとなるところなんてそっくりだ。いや、でも社交的なところは秋彦に受け継がれたような気もするし……」

「秋彦、おまえはどう思う?」

弟のほうを見やり、春彦は尋ねた。

「夏彦兄ちゃんは全然わかってない」

「やっぱり、おまえもそう思うよな」

「どういうこと?」

口をとがらせた夏彦に、兄は人差し指を突きつけた。

「夏彦。おまえが一番、親父にそっくりなんだよ。体裁を気にするところなんて、とくにな」

「……え?」

「俺たち、みんな知ってたよ。おまえが会社を辞めて、大道芸人になるための修業を続けてたってこと」

予想外の事態に、激しい衝撃を覚える。動揺して、次の言葉が出てこなかった。

「……どうして?」

「三年ほど前だったかな? おまえのお師匠さんがわざわざ挨拶にきてくださったんだ。おまえの連絡先も、そのときに教えてもらった」

やられた。目を閉じて、師匠の飄々《ひょうひょう》とした姿を思い浮かべる。

「じゃあ、親父も？」

「もちろん知ってたさ」

なんともきまりが悪く、薄ら笑いでごまかした。

「……親父、がっかりしてただろう？」

「だから、おまえはなにもわかっちゃいねえっていうんだよ。親父とおまえはそっくりなんだ。体裁をひどく気にするところとか、そうかと思えば突然、大胆不敵な行動をとったりするところとかな」

「大胆不敵な行動？　なにいってるんだよ。親父はいつだって冷静沈着だったろう？」

春彦はかぶりを振った。

「そんなことねえよ。とくに俺たち子供のことになると、なりふりかまわないところがあった」

「あの親父が？」

にわかには信じられなかった。

「秋彦。おまえならわかるだろう？　十八年前、おまえは親父の格好悪い姿を目の当たりにしてるんだからな」

「……え？　どうして知ってるの？」

目を丸くして驚く秋彦を、兄は満足そうに見下ろした。

「俺、わかっちまったんだ。十八年前に一体なにが起こったのか――」

6

よからぬことを企む悪戯《いたずら》っ子みたいな笑みを浮かべ、春彦は続けた。

「おまえ、こういったよな。目を覚ましたあと、慌てて玄関へ行ってみると、真新しい水槽が置いてあって、ガラスの表面に親父の靴が映ってたって」

夏彦は頷いた。確かにそういった。そのような光景を見たのも事実だ。しかし、それがどうしたというのだ？

「親父の靴はどうなってた？」

「どうって……いつもどおり丁寧に揃えて置いてあったけど」

「おかしいと思わなかったのか？　親父は自分で靴を揃えたりはしねえのにさ」

「お袋が揃えたんだろう？」

「馬鹿。その日、お袋は町内会の旅行に出かけてて留守だったんだぞ」

「あ……」

兄のいうとおりだ。

「でも……それじゃあ、誰が靴を揃えたんだ？」

「親父だろうな」

「はあ？」

春彦の言動は支離滅裂だ。父は靴を揃えたりはしないといっておいて、今度は靴を揃えたのは親父だったとうそぶく。

「おそらく、親父の靴は濡れてたんだ。いつものように散らかしておけば、帰ってきたお袋が靴を揃えようとしたときに、そのことがばれてしまう。できることなら、それは避けたかった。だから、自分で靴を揃えたんじゃねえのかな」

兄のいっていることがよくわからない。なぜ、父の靴は濡れていたのだ？　どうして、それを隠さなければならない？

相当、怪訝な顔つきをしていたのだろう。

「まだわからねえのか？」

春彦はじれったそうに身体を揺すった。

「親父は、アスファルトの上で跳ねる瀕死《ひんし》の金魚をどうやって助けたんだと思う？」

「だから、それは今もわからな――」

そこまで口にして、夏彦はようやく真実にたどりついた。親父の靴は濡れていた。つまり――。

「そういうことだ」

唇の端を引き上げ、春彦は満足そうに笑った。

「親父は革靴を脱いで、その中へ水と金魚を入れた。そうやって、自宅まで戻ったんだ。秋彦、そうだよな？」

「正解」

頷く弟に、「嘘だろ？」と夏彦は声を張りあげる。

「魚の入った革靴を手に持って、はだしで歩いてきたっていうのか？　まさか、あの親父がそんな格好悪いことをするわけがない」

「確かに、あのときの父さんは格好悪かったよ。だけど格好悪かったからこそ、ものすごく身近に感じられたんだ」

昔を懐かしむ目で、秋彦はいった。

「早く助けないとフユヒコは死んでしまう。どうすればいい？　……俺を悲しませたくない一心から、靴を水槽代わりに使うことを思いついたんだろうね。でも、はだしで街なかを歩いたことはやっぱり恥ずかしかったんだと思う。今日のことは誰にもしゃべるなって、しつこく念を押されたから」

「……………」

「そのあと、向かいのおばちゃんが気を失った夏彦兄ちゃんを抱えてやって来たんだ。びっくりしたよ。そうそう――フユヒコが地面で跳ねているときの父さんは冷静だったけど、夏彦兄ちゃんの真っ青な顔を見たときは、ずいぶんとうろたえてたっけ」

軽い熱射病だからしばらく寝かせておけば大丈夫、とおばちゃんが判断したにも拘《かか》わらず、父は救急車を呼ぼうとしたらしい。

「あとから、おばちゃんに聞いたよ。夏彦兄ちゃん、酔っぱらいみたいにふらふら歩きながら道路を横切って、そのままドブに落っこちたんだってね。慌てておばちゃんが駆け寄ったら、『大丈夫です。僕は水中じゃなくても生きていけますから』ってうわごとを呟いてたとか」

夏彦は苦笑した。そのあたりのことはなにも覚えていない。

「俺も相当、格好悪かったんだな」

「うん。でも、そのとき悟ったんだ。格好悪いことは決して恥ずかしいことじゃない。だから、俺も人の目を恐れて行動するのはもうやめようって」

照れくさそうに洟《はな》をすすり上げ、弟は春彦を見やった。

「それにしても兄ちゃん、すごいな。あの日起こったことをなにもかもいい当てちゃうなんて、まるで名探偵みたいだ。脳味噌まで筋肉かと思ってたけど、意外と頭の回転もいいんだね」

「ばーか。昔と変わらず、俺の脳味噌は中心まで筋肉だよ」

春彦は自分のこめかみをつついて笑った。

「たまたま俺のときと似てたから、ピンときただけだ」

「俺のときって？」

「十四年前の親父との大喧嘩」

春彦はにやりと笑った。

「夏彦。自分でしゃべりながらおかしいとは思わなかったのか？　俺の涙が親父の靴にこぼれ落ちたのを見て、お袋は『汚したら、またお父さんに怒られるよ』って口にしたんだろう？　だけど、あの日は大雪で、親父と俺は外から戻ってきたばかりだったんだぞ。俺が泣こうが泣くまいが、すでに靴は汚れてたはずじゃねえか」

しかも、父の靴は最初から丁寧に揃えられていたような気がする。父が揃えるはずはないし、母は夏彦と二階にいたのだから、やはり揃えることなどできない。

春彦は遠くへ目をやり、静かにいった。

「あの日、親父は靴を履かずにおもてへ飛び出したんだよ。『お望みどおりに消えてやるよ！』と叫んで家を飛び出した俺をつかまえるために、なりふりかまわず――」

ああ、そうか。

ようやくすべてを理解する。

後ろを振り返った春彦は、雪の上をはだしで駆けてくる父の姿を見て、そのとき初めて知ったのだろう。俺はこの人に心底愛されている、と。

前方に、病院の明かりがぼんやりと見えた。

7

救急病棟の入口でインタホン越しに事情を話すと、一分も経《た》たぬうちに坊主頭の看護師がやって来た。

「男かよ」

舌打ちする春彦の後頭部をはたき、「どうもすみません」と看護師から革靴を受け取る。手にした途端、父の懐かしい香りが漂ってきた。目を閉じ、思いきり空気を吸い込む。靴に染みついた香りに、次第に心が落ち着いていくのがわかった。

「靴紐《くつひも》がないよ」

夏彦の手もとを覗き込み、弟がいった。

「ええ。廊下で見つけたときからありませんでした」

それだけ答えると、看護師は慌ただしく彼らの前から立ち去った。こんな時間でも忙しいようだ。

「ちょっとだけ中庭に行ってみないか？」

夏彦はそう提案した。

「親父が亡くなった場所を、この目で見ておきたいんだ」

巨大な建物の周囲をぐるりと回って中庭へ向かう。その間、夏彦は胸の前に父の靴を強く抱きしめていた。

今さら父の思い出をたどったところで、六年間の空白が埋まるとは思わない。しかし、父との間にできた深い溝を少しでも埋めるために、なにかせずにはいられなかった。

外灯に照らされた中庭は、闇《やみ》に浮かぶ孤島のようだった。

「親父が倒れてたのは、たぶんこのあたり」

芝の生えた庭のほぼ中央で立ち止まり、春彦がいった。しゃがみ込み、夜露に濡れた芝に触れったが、生前の父を思い出すような痕跡《こんせき》はなにも残っていない。ただ、指先がひんやりと冷たくなっただけだ。

「ねえ、あれ」

秋彦の声に顔を上げる。彼は病棟に背を向け、建物と平行に植えられた並木を見つめていた。指差す方向へ目を向けると、ひときわ大きな木の枝に、小さなてるてる坊主がぶら下がっている。へのへのもへじ顔のてるてる坊主は、風に吹かれて振り子のように揺れていた。

大木のそばへ歩み寄った秋彦は、てるてる坊主の首に巻きつけられた紐に顔を近づけ、「これ、靴紐だよ」と呟いた。

「靴紐？」

「まさか、親父の？」

胸に抱えたままだった革靴に視線を落とす。

「間違いねえな」

てるてる坊主を手に取り、春彦がいった。

「へのへのもへゾー君の本体は親父のハンカチだ。ほら、ここに名前が刺繍《ししゅう》されてる」

駆け寄って、兄の肩越しにてるてる坊主を覗き込む。彼のいうとおり、ハンカチには父の名前がローマ字で刻まれていた。

「親父が真夜中にベッドを抜け出したのは、このてるてる坊主を吊すため？」

てるてる坊主の頭を撫でながら、春彦は頷く。

「親父は病室で、このへのへのもへゾー君を作った。手頃な材料が見つからなかったから、自分のハンカチと靴紐を利用したんだな」

完成したてるてる坊主を中庭にぶら下げようと思い立ち、父は病室を抜け出した。しかし、靴紐を抜き取った靴では歩きにくい。だから、途中で脱ぎ捨ててしまったのだろう。父が靴を履かずに死んでいた理由は、それでどうにか説明がつく。

「でも、どうしててるてる坊主なんて……」

夏彦は首をかしげた。

「しかも、わざわざ中庭の木にぶら下げようとしたのはなぜ？　べつに、病室の窓にぶら下げてもよかったじゃないか」

不思議なことに、春彦も秋彦も笑っている。まるで、なにもかもわかっているかのように。

「今日が夏彦兄ちゃんの晴れ舞台だったからじゃないかな」

秋彦がいった。

「……え？」

「昨日の夜は小雨が降っていたからね。父さん、きっとものすごく心配していたんだと思うよ」

すぐには言葉が出てこなかった。

「親父、今日のこと……知ってたのか？」

ようやくの思いで、それだけ口にする。

「可愛い息子のプロデビューの日だぞ。知らなかったはずがねえだろう？」

春彦に思いきり背中を叩かれる。兄は手加減を知らないので、咽せ返ってしまった。

「おまえの初舞台、親父は行く気満々だったけど、俺たちが止めたんだ。親父の体調を心配したってこともあったけど、それだけじゃない。俺たち家族が観客の中にいるとわかったら、おまえ、びっくりして本番中に卒倒しちまうんじゃないかと思ってさ」

なんと答えていいかわからない。確かに、観客の中に家族の姿を見つけていたら、卒倒はしないまでもガチガチに緊張していただろう。

「よく見てみろよ」

てるてる坊主のぶら下がった大木を指差し、春彦は相好を崩した。

「この木、家の庭に生えてるクヌギと形がよく似てると思わねえか？」

いわれてみればそのとおりだった。大きさといい、枝のつきかたといい、まるで兄弟のようだ。

「どうして、わざわざ中庭にてるてる坊主を吊したかって？　俺たち兄弟の中では、おまえが一番クヌギのジンクスを信じてただろう？　親父はそれを覚えてたんだよ」

小雨の中、靴も履かずに必死でてるてる坊主を吊す父の姿を想像する。六年も音沙汰のなかった親不孝者のことを、父はずっと気にかけてくれていたのだ。

指先でてるてる坊主の頭をつつく。

――おめでとう。よく頑張ったな。

どこからか親父の声が聞こえた。

鼻の奥がツンと痛くなる。

次の瞬間にはもう、てるてる坊主の顔は見えなくなっていた。

8

それはダメだ、こっちにしよう。そんなものツマミになるかよ、馬鹿野郎。

コンビニであぁだこうだと言い合いを続けるうちに、すっかり遅くなってしまった。いつの間にか、日付も変わろうとしている。

「もう少し速く歩けないか？　みんなが心配してるぞ」

袋いっぱいのつまみを胸に抱えた夏彦は、後ろを振り返り、のんびり歩く兄を睨《にら》みつけた。

「明日は晴れるかな？」

夏彦の言葉が耳に届いているのかいないのか、両手に一本ずつ一升瓶を持った春彦が、呑気《のんき》そうに空を仰ぐ。

「うーん、どうだろう？」

父の革靴を手にした秋彦が、これまたのんびりと答えた。自分一人だけ焦っているのが馬鹿馬鹿しく思えてきて、夏彦は歩くスピードを緩めた。

「晴れるといいね。父さんは雨の日の外出があまり好きじゃなかったから」

秋彦の言葉に、ああ、そうだったなと昔を思い返した。父はスーツが濡れることをひどく嫌がった。にも拘わらず、ゆうべは夏彦のために行動してくれたのだ。

また目頭が熱くなり、慌てて深呼吸を繰り返す。

「あした、天気になあれ！」

秋彦が、履いていたスニーカーをいきなり宙へ蹴《け》り上げた。はるか遠くまで飛んでいったため、明日の天気はよくわからない。

「俺も、俺も」

一升瓶を振り回しながら、今度は春彦が右脚を天高く伸ばす。

「あした、天気になあれ！」

春彦のサンダルは電柱にぶつかり、そのまま側溝へと落ちていった。

「あ……」

呆然《ぼうぜん》とたたずむ兄を見て、秋彦がげらげらと笑い出す。

「ま、いいか。安物だし」

春彦は一升瓶の口で頭を掻きながら、もう一本の瓶を夏彦へ向けた。

「ほら、次はおまえの番だぞ」

「……え。俺も？」

誰かに見られていないだろうかとあたりを見回し、人目を気にしている自分に苦笑する。

「夏彦兄ちゃん、早く！」

弟に急かされ、夏彦は地面を強く踏みしめた。

「あした、天気になあれ！」

サッカーに夢中になっていた高校時代を思い出し、勢いよく右脚を蹴り上げる。買ったばかりの革靴は宙を舞い、電柱から突き出した金属棒に引っかかった。到底《とうてい》、手の届く高さではない。

「……あーあ」

よほど間抜け面《づら》をしていたのだろう。隣で秋彦が吹き出した。続いて、春彦が大声で笑い始める。

「兄貴、近所迷惑……」

「馬鹿野郎。これが笑わずにいられるか。あんなところで靴がぷらんぷらんと揺れてるんだからな。あは。あはははは」

春彦の笑い声につられて、夏彦も頬を緩めた。

「このまま家まで走るか」

春彦が提案する。

「いいね、兄ちゃん」

「誰が一番か競走だ」

「そりゃ、俺だ。サッカー部で鍛えた脚を舐《な》めてもらっちゃ困る」

「一体、いつの話だよ。そんな腹で、本当に走れるの？」

「うるさい、黙れ。おまえにいわれたくない」

「喧嘩はあとだ。さあ、行くぞ。いちについてドン」

いきなり、春彦が走り出した。

「おい、待て。なんだよ、いちについてドンって。よーいはどこにいったんだよ、よーいは」

「うるせえ。これも戦略だ。負けた奴は、今日の酒代全額払えよ」

「ちょっと待って。聞いてないよ、そんな話」

はだしで踏みしめるアスファルトは、ひんやりと冷たくて気持ちよかった。

明日、父の前で大道芸を披露しよう。

噴き出す汗を拭いながら、夏彦はそんなことを考えた。仕事道具なら、すべてバッグの中に入っている。

照れ屋の父のことだから、「こんなところでやめてくれ」と慌てて棺から飛び出してくるかもしれない。

そうなればいいのにと思った。

父が目の前に現れてくれたなら、今度こそ心の底からの「ありがとう」を聞かせてやることができる。

片方だけ靴を履いていては走りにくい。夏彦はスピードを緩めることなく、左の靴を蹴り上げた。靴は綺麗な放物線を描いてアスファルトの上に転がり落ちる。

明日の天気は晴れだった。

神様の思惑

1

約十年ぶりのジェットコースターだった。おそらく、オーランドのディズニーワールドへ新婚旅行で出かけたとき以来だろう。翌年、思いがけず双子を授かって毎日が戦争となってからは、どこかへゆっくり出かける機会なんてまったくなくなってしまった。

ジェットコースターといっても、小学校低学年の子供たちでも乗車できるちゃちなものだ。しかしそれでも、運動不足の身体には充分こたえた。踏ん張りすぎたせいか、背中と腰が少々痛い。

「パパ、もっと早く歩いてよ！」

「えっと、次はねえ――」

右腕を悠人《ゆうと》、左腕を悠大《ゆうだい》に引っ張られながら、外国の街並みを彷彿《ほうふつ》とさせるストリートをよたよた歩く。そんな姿を、すれ違う人たちは微笑ましそうに眺めていった。幸せなのは間違いないが、このまま二人につき合っていたら、明日からの仕事に差し支えてしまいそうだ。

「ちょ、ちょっと待って。少しだけ休ませてくれよ」

立ち止まり、膝に手を当てながらひと息つく。無理に演技をしなくとも、自然に情けない声が出た」

「ええ？　さっき休んだばっかじゃん」

兄の悠人が口をとがらせる。悠大は欲張りなリスみたいに頰をふくらませ、こちらを睨みつけてきた。

「そうだ。アイスでも食べるか？」

「ホント？」

途端に表情が変わった。食べ物につられるなんて、成長したといってもまだまだ子供。単純だ。

「じゃあ、あそこのベンチに座って――」

「順番待ちの間に食べるからいいよ。じゃあ、今度はあれに乗ろ！　ママと一緒に並んでるから、パパ、買ってきてね。ボクはバニラ」

「ボクはストロベリーがいい！」

そういうが早いか、二人はゴーカート待ちの列へと駆け出していった。

「おい、おまえら……」

呼び止めたがもう遅い。

「残念でした」

妻の咲妃《さき》に背中を叩かれる。彼女は悠人たちと変わらぬ無邪気な笑みを浮かべ、小さく肩を揺すった。

「いつまでも子供だと思ってなめてかかってたら、痛い目に遭うよ。衰えていくだけのあたしたちと違って、あの子たちはめまぐるしい速さで日々成長してるんだから」

いわれなくてもわかっている。ついこないだハイハイを始めたばかりだと思っていたのに、八年の歳月なんてあっという間だ。今はまだ「パパ、パパ」と慕ってくれているが、そのうち見向きもしなくなり、そしていつかは親もとから離れていくのだろう。そんなことを考えると無性に寂しくなり、ため息のひとつもこぼしたくなった。

「ちょっとちょっと。一家の大黒柱なんだからしっかりしてよね」

再び背中を——今度は思いきり叩かれ、軽く咽せる。最近はそうやって励まされてばかりだ。出会った頃は、僕がその役目を担っていたはずが、いつの間にか立場が逆転している。

「あなたはしばらくここで休んでて」

「いいのか?」

「残業続きでずいぶんと疲れてるみたいだもん。無理して身体を壊されたら大変だし」

誰に対しても細かな気遣いを忘れない——そういうところに惚《ほ》れて、僕は彼女と結婚した。

「悪いな。じゃあ、お言葉に甘えて」

「でも、アイスクリームはあなたの小遣いから払ってよ」

そんなきっちりとしたところも嫌いじゃない。

「じゃあ、行ってくるね」

咲妃は髪をかき上げると、先へ行ってしまった子供たちを、急ぎ足で追いかけ始めた。

彼女の後ろ姿を見送りながら、ベンチに腰かける。さほど歩いたわけでもないのに、ふくらはぎがずいぶんと固くなっていた。肩も凝るし、太ももだって痛い。運動不足だろうか。モデル体型だねともてはやされた一八六センチの身長も、最近はただ邪魔なばかりで、動くのが億劫《おっくう》になることも多かった。そういえば、腹も少し出てきたようだ。メタボリックという言葉が脳裏にちらつく。

シャツの上から腹の肉をつまみ、目の前の風景をぼんやりと眺めた。春休みに入ったばかりということもあって、園内は大勢の親子連れでにぎわっている。満面に笑みを浮かべた子供たちが、ひっきりなしに僕の前を通り過ぎていった。石畳の両端に設置されたベンチに腰を下ろしているのは、僕と同じように疲れ果てた表情を浮かべた父親ばかりだ。子供を追いかけて走り回っているのはたいてい母親。息子の成長と共に、女性のたくましさを痛感する機会が増えていく。

絶対に職場では見せられぬだらしない格好で身体を休めていると、路上をとぼとぼと歩く小さな男の子の姿が目に入った。顔いっぱいに不安そうな表情を貼りつけ、あたりをきょろきょろ見回している。右手に真っ赤な風船を握り、もう片方の手はおしゃぶりの真っ最中。彼のすぐ脇を、何組もの親子が慌ただしく通り抜けていった。迷子だろうか。近くに保護者らしき人物は見当たらない。

石畳のわずかな段差につまずいたのか、その子供はいきなり前のめりに倒れ込んだ。反射的にベンチから腰を浮かせたが、幸いどこにも怪我はなかったらしい。すぐに立ち上がって膝の砂を払うと、再び歩き始める。まだかなり幼いのか、足取りはおぼつかなかった。人通りも多いため、誰かとぶつかってまたすぐに転んでしまいそうだ。

大丈夫かな?

はらはらしながら様子を見守っていると、その小さな腕が力強く引っ張られ、子供の身体は宙にふわりと浮かび上がった。クリーム色の作業着を身につけた初老の男性に抱えられて、まっすぐ僕の座るベンチへと近づいてくる。

「怪我はないか?」

手にしていたホウキとチリトリを脇に置き、ベンチへ子供を座らせながら男はいった。しゃがみ込んで、子供の高さに顔の位置を合わせる。僕は横目で男の様子をうかがった。真っ黒に日焼けした肌。右の頰には大きなほくろがある。目尻に刻まれた深いしわは、どことなくスター・ウォーズのヨーダを連想させた。子供の肩にかけられた大きくてごつい手も、顔と同様にしわくちゃだ。

「お父さん、お母さんはどこへ行った?」

口調はぶっきらぼうだが、不思議と優しさが伝わってくる。それを子供も感じ取ったのだろう。強張《こわば》った表情を緩め、「あのね、いなくなっちゃったの」と早口で答えた。

「おサルさんのショーを見てたら、どっかへ行っちゃった」

しゃべりながら、しゃっくりでもするみたいに空気を吸い込んだ。同時に、丸い瞳から大粒の涙がぽろぽろとこぼれ出す。あとは泣きながら、「ママ、ママ」と連呼するばかりだった。

「泣くな。男の子だろう?」

作業着の男は目を細め、顔のしわをさらに増やしながら、子供の髪をくしゃくしゃとさわった。

「名前はなんていうんだ？」

「……ら」

「え？　よく聞こえないなあ」

自分の両耳を左右に引っ張り、おどけた表情を浮かべる。耳たぶは驚くくらいよく伸びて、まるで手品でも見ているみたいだった。

あれ？　どこかでこんな光景を見たことがなかったたっけ？


——どうしよう？　飛行機が池に落ちちゃったよ。ボクの大切な宝物なのに……。

——泣くなって。おじさんが取ってきてやるから。

——どうやって？

——この大きな耳を翼にして、ぴゅーんとひとっ飛びだ。


奇妙な既視感を覚え、僕はその男から目が離せなくなった。

作業着の胸もとには、この遊園地のロゴマークがプリントされている。その下には《清掃員　長谷部《はせべ》》と記されたバッジをつけていた。

「もう一度訊くぞ。名前は？」

「……たなか……きら」

「ぽっぽこぷー？」

その男――長谷部さんの口から発せられた奇妙奇天烈《きみょうきてれつ》な言葉。生真面目な顔をしているだけに妙におかしく、僕は思わず噴き出しそうになった。

「ぽっぽこぷーなんていってないよ」

子供の顔にも笑みが戻る。

「ごめん、ごめん。おじさん、耳が悪いんだ。もう一度教えてくれるかな？」

彼はさらに耳たぶを伸ばし、口をへの字に曲げた。その表情があまりにも滑稽《こっけい》だったので、僕はこらえきれなくなってついに笑ってしまった。隣の子供も自分が迷子になったことを忘れ、きゃっきゃっと嬉しそうにはしゃぎ始め、

「ボクの名前はた、な、か、あ、き、らっ！」

耳をふさぎたくなるような大声を張りあげた。親とはぐれて弱気な態度を見せていたが、本当はかなりのやんちゃ坊主なのだろう。

「わかった、わかった。アキラ君だな。じゃあ、アキラ君。今から一緒にお母さんを捜そうか？」

立ち上がって周囲を見回し、長谷部さんは白いものが混じった太い眉を八の字に歪《ゆが》めた。

「といっても、この人混みじゃよくわかんないな」

「そこに登ったら見えるよ」

アキラがすぐそばにあった高さ一メートルほどの石垣を指差していう。

「うーん……それはちょっとなあ」

長谷部さんは言葉を濁した。

「ダメなの？　じゃあ、肩車してよ」

「だけどおじさん、背が低いから……」

二人の視線が同時に僕のほうへと注がれた。

「……え？　僕ですか？」

自分の顔を指差し、うわずった声を出す。

「ご休憩のところ申し訳ありませんが、手伝ってもらえますか？」

ちょっとばかり腰を痛めておりまして――そんな台詞は、アキラの爛々《らんらん》と輝く瞳を見たらいえなくなってしまった。彼の親も、ひどく心配していることだろう。考えてみれば、長身をありがたがられたことなんて、これまで一度もなかった。球技は苦手だし、ものぐさ故に脚立の代わりさえ務まらなかったくらいだ。

促《うなが》されるままにアキラを両肩へ乗せ、ゆっくりと立ち上がる。少しよろめきかけたので、慌てて体勢を立て直した。悠人たちに較べればずいぶんと軽い。これならなんとかなりそうだ。

「まだよく見えない。もっと高くならないの？」

わがままな乗客のために、靴を脱いでベンチの上へ登る。

「うわあ、高い高い！」

やんちゃ坊主は自分の置かれた立場も忘れ、陽気にはしゃいだ。

「さあ、周りをよく見て。ママは近くにいるかな？」

長谷部さんがそう口にした途端、アキラはおとなしくなった。僕の位置からはよくわからないが、おそらく目をこらして周囲の様子をうかがっているのだろう。

「……いないみたい」

寂しそうな声が頭上から聞こえた。

「そうか」

長谷部さんは眉間に指を当て、困ったような顔を見せた。道行く人たちが、僕たちのほうをちらりちらりと眺めていく。ベンチの上に立って肩車をしているのだから、ずいぶんと目立っているに違いない。それでも名乗り出ないということは、アキラの親はこの周辺にはいないのだろう。

「ご協力ありがとうございました。迷子センターまで連れて行って、園内放送を流してもらうことにします」

「あ、はい。わかりました」

ベンチから降り、長谷部さんにアキラを預けようとしたが、彼は「イヤだ！」と駄々をこね、僕の首に巻きつけた両腕を離そうとしない。

「もっと、肩車してもらうんだもん」

「わがままいっちゃダメだよ。ほら。おじさんと一緒に――」

「ヤだ、ヤだ！　まだ遊ぶの！」

無理矢理引き離そうと長谷部さんが伸ばした腕を、アキラは乱暴に払いのける。その反動で着衣が乱れ、それまで襟《えり》に隠れて見えなかった長谷部さんの首すじが露《あら》わになった。喉仏から右側の鎖骨にかけて、黒ずんだスジが一本走っている。そこだけ肉が盛り上がり、皮膚が奇妙な形にひきつれていた。

その傷痕を目にした途端、先ほどとは較べものにならないくらいの強烈な既視感が襲いかかってきた。と同時に、すっかり忘れてしまっていた二十年前の記憶がよみがえってくる。

確か――あれは中学一年生のときだ。自宅近くに大きな公園があり、そこには「カミさん」と呼ばれるホームレスが住み着いていた。

日焼けした顔、右目の下の大きなほくろ、よく伸びる耳たぶ、そして首に残る痛々しい傷あと。カミさんは髪もひげもぼうぼうで、もっと頬がこけていた。腰が悪いのか、いつも右手に杖《つえ》を持っていたように記憶している。近くによると酒くさく、歯だって黄ばんでいて、目の前の清掃員とはまるで異なっていた。でも、たぶん間違っていない。彼はあのときのホームレスだ。

「……カミさん？」

そう口にすると、長谷部さんの頬がかすかに痙攣《けいれん》した。人のよさそうな細い目を大きく見開き、こちらを見る。疑惑は確信に転じた。

「やっぱりカミさんなんですね？」

「なんのことだか、私にはさっぱり……」

首をひねり、長谷部さんはとぼけてみせた。でも、視点の定まらぬ目を見ればわかる。動揺しているのは明らかだ。

「僕、子供の頃、W市の中央公園近くに住んでいました」

「中央公園といわれても……」

「覚えていませんか？　ブナの木に囲まれた大きな公園です。池のほとりに観覧車があって――」

「……さあ？」

「じゃあ、僕のことは？　一番のノッポで、坊主頭で、いつも走り回ってて、水泳とヨーヨーが得意で――」

ためらいつつも、僕は次の言葉を口に出した。

「『殺してくれ』とあなたにお願いした少年です」

2

僕の生まれ育った家から二百メートルほど離れた場所に、カミさんの生活する公園はあった。

そのホームレスをカミさんと呼び始めたのが一体誰だったか、今となっては記憶もあやふやだが、しかしなぜそう呼ばれるようになったかだけは、いまだにはっきりと覚えている。

長く伸びた髪とひげ、身にまとった白い布きれ、そしていつも右手に握っていた太い杖――その姿が、どことなく神様を連想させたからだ。といっても、神様のような威厳を持っていたわけではない。公園に集まる子供たちに、身近な素材で面白いおもちゃを作ってみせたり、誰も見たことがない外国の切手やコインを披露してくれたり……。草花や虫の名前もよく知っていて、訊けばすぐに答えが返ってきた。テレビアニメよりもずっとハラハラドキドキできる物語を聞かせてくれたこともある。子供たちの人気者だった神様を、皆は親しみを込めて「カミさん」と呼んでいた。

カミさんがその公園に居着くようになったのは、僕が小学六年生になったばかりの頃だった。突然、林の中にテントが張られ、同時に公園内でひげもじゃの男を見かけるようになったのだ。彼とうち解けるまでに、さほどの時間はかからなかった。

しかし、たとえ子供たちの人気者であっても、大人たちは不安を抱いたのだろう。働いている気配もなく、毎日ふらふらと公園の周りをうろついているだけの男だったのだから、警戒されても仕方がない。いつも酒のにおいを漂わせていたことも、相当なマイナスイメージだったろう。僕も母から幾度となく、「あの人には近づいちゃいけません」と注意を受けた。親の言葉に従い、公園に近づかなくなった子供もいたが、僕のようにそれでもカミさんと遊び続ける者も少なくなかった。

のんびりとした片田舎だったたし、今よりもずっと平和な時代であったため、大人たちに無理矢理追い出されることもなく、カミさんは公園に住み続けた。

あの事件が起こるまでは——。

長谷部さんはきょとんとした表情で僕を見上げ、ようやく思い出したのか、

「ああ……」

やたらと角張った喉仏を上下に激しく動かした。

「思い出しました。確か、模型飛行機を飛ばすのが誰よりもうまかったのでは？」

いわれるまで、僕も忘れていた。あの頃は公園へ出かけるたびに、自作の飛行機を飛ばしていたのだ。

「池に落ちた飛行機を、私が泳いで取りに行ったこともありましたね」

「あのあと、風邪をひかれたんでしたっけ？　今頃謝っても遅いですけど、本当にすみませんでした」

複雑な思いで頭を下げる。

正確にいえば、あのとき池に落ちた模型飛行機は僕のものではない。友人のシンジが父親に買ってもらった高級品だった。あのとき、カミさんは泣きじゃくるシンジをなだめて、真冬の池へと飛び込んだ。そのあとで、今度は僕の飛行機が木の枝に引っかかって取れなくなってしまったのだが、取ってほしいとカミさんに頼みに行くと、彼は手のひらを合わせて困った表情を浮かべた。

——ごめん。ちょっと頭がふらふらするんだ。どうやらおじさん、風邪をひいちゃったみたいだな。飛行機はあとで、おうちの人に取ってもらいなさい。

結局、僕の飛行機はブナの大木に残されたままとなった。そのあと、飛行機がどうなったかはよく見えていない。

「いやあ、びっくりしました。まさかこんなところで出会うなんて……」

長谷部さんは何度も目をしばたたいた。あまりに驚きすぎたため、それ以上言葉が出てこないようだ。それは僕も同様だった。

「座ってたらダメぇっ！　早く立ってよ！」

アキラに急かされ、「ああ、ごめん」とベンチから立ち上がる。

「迷子センターはどこにあるんです？」

「ここからだと少々歩かなくてはならないんですが……つき合っていただけますか？」

「かまいませんよ」

ズボンのポケットの携帯電話を確認しながら答えた。僕の姿が見当たらなければ、咲妃が連絡を入れてくるはずだ。ここを離れても、僕自身が迷子になることはないだろう。

「僕もひさしぶりに会ったカミさんと――すみません。あなたともう少し話をしたいですし」

「カミさんでいいですよ」

長谷部さんは照れくさそうに答えた。

「そうやって呼ばれるのも二十年ぶりです。急に自分が若返ったみたいで、なんだか嬉しくなります」

ホウキとチリトリを片手にまとめて持ち、

「では行きましょうか。こちらです」

長谷部さんは歩き始めた。

「出発進行！」

元気な迷子のかけ声と共に、彼の大きな背中を追いかける。

二十年前も、今と同じようにカミさんの背中を追いかけたっけ。

海馬の奥深くに沈み込んで消滅寸前だった記憶が、急速に輝きを取り戻す。堰《せき》を切ったように様々な思い出がよみがえり、僕を激しく戸惑わせた。

「……あのときはご迷惑をおかけしました」

ためらいつつ、背後から声をかける。

「なんのことです？」

前を向いたまま、長谷部さんはいった。

「だって……変な子供だと思ったでしょう？」

彼の横に並び、次の台詞を囁くように口にする。

「『殺してくれ』だなんて……」

「いいえ、そんなことはありませんよ。あなたが死にたがっていたことは、その前から気づいていましたしね」

意外な言葉に、僕は息を呑み込んだ。動揺したせいで、バランスを崩して左によろめく。

「おっと……気をつけてくださいよ」

長谷部さんに身体を支えられ、なんとか転倒だけはまぬがれた。こちらの気苦労も知らず、頭上のアキラは「スリル満点！」と歓声をあげている。

「あのとき、あなたは中学――」

「一年生になったばかりでした」

「ああ……」

長谷部さんは鼻の頭をこすり、小さく唸《うな》った。

「あの子たちの同級生だったんですね」

僕は黙って頷く。なんとも形容できぬ気まずい空気が、二人の間を通り過ぎていった。

あの子たち、というのが誰を指しているかはすぐにわかった。マエダトモミとサクラシンジ――漢字でどう書くかは忘れてしまったが、当時、同じ中学に通っていた友人たちである。トモミは幼なじみ。シンジとは趣味の模型飛行機が縁で親しくなった。

この先、もし同窓会が開かれたとしても、二人と顔を合わせることは絶対にない。中学校に進学してすぐに、二人とも死んでしまったからだ。

トモミは学校の体育館倉庫で首を吊って、シンジは建造中のマンションから転落して、この世界から姿を消した。

3

死は伝染する。

トモミとは幼稚園の頃からのつき合いで、家が近所だったこともあり、ほとんど毎日のように顔を合わせていた。そばにいるのが当たり前だった人が、ある日突然いなくなる――身近に死など感じたことのなかった僕にとって、彼女の死はあまりにも衝撃的な出来事だった。

しかし、それ以上にショックだったのは、事件から一週間も経たぬうちに、以前と同じ日常が戻ってきたことだ。クラスメイトも教師も、まるで最初からそんな生徒など存在しなかったように、トモミの名前を口にすることはなくなった。死んだってなにも変わらない。命とはそれほどまでにちっぽけなものなのだ、と僕はこのとき悟るに至った。

命の価値に疑問を持った。生きることの意味がわからなくなった。親は勉強しろと小言ばかり繰り返す。うんざりだ。ささいなきっかけでイジメの被害者とならぬよう、絶えず人間関係にも気を配らなければならなかった。大好きだったトモミはもういない。毎日、つらいことばかり。だったら、無理して生き続ける必要なんてないじゃないか。

今になって考えれば、思春期にありがちな一過性の病だったのだろう。ほのかな恋心を寄せていたトモミを突然失い、情緒不安定になっていただけなのかもしれない。どうしてそんな馬鹿げたことを考えたのかと苦笑してしまうが、あのときは本気で、自分も彼女のあとを追って死ぬつもりだった。だから、僕は夜中に自宅を抜け出し、カミさんのもとを訪れたのである。

「どうした？　こんな時間に？」

いつもどおりに薄汚れたカミさんは、段ボールでできたベッドから起き上がり、寝ぼけまなこで僕を見た。

「カミさん、僕を殺してくれる？」

そう口にすると、彼は眉尻《まゆじり》を下げて悲しそうな表情を見せた。

「トモミを殺したのはカミさんなんでしょ？　うちのお母さんがいってたよ」

トモミが死んだ前日、下校途中の彼女とカミさんが公園近くの路上でいい争っている姿を、通りかかった人が目撃したらしい。

——うちの娘が自殺なんてするわけない。きっと、あのホームレスに殺されたんだ。

葬儀の最中、トモミの母親は泣きながらそう訴えたという。

「君はそれを信じたのかい？」

カミさんはあごひげを撫でながら、じっと僕の瞳を見つめてきた。目をそらしたら負けると思い、まばたきもせずに彼を睨み返す。

「僕も……トモミが自殺なんてするはずはないと思うから……」

「おじさんにだって、彼女を殺す理由はないよ」

「カミさん、トモミに悪戯をしようとしてたんじゃないの？　だけど断られたからカッとなって——」

「それも、お母さんが話していたのかい？」

「……うん」

「君もそう思う？　おじさんがそういうことをする人間だと——」

「わかんないよ」

テントの入口に立ったまま、僕は首を横に振った。

「だけど、毎日公園前の路上に立って、登下校中の小中学生を眺めていたのは事実でしょ？　実は、可愛い女の子を捜してたんじゃないの？」

僕の投じた辛辣《しんらつ》な言葉に対し、カミさんは肯定も否定もせず、ただ寂しげに口の端を曲げただけだった。

「……おじさんは殺してないよ」

わずかな沈黙のあと、彼は呟くように答えた。

「信号を無視して道路に飛び出そうとしたから、ただ注意しただけだ」

「嘘だよ。トモミは信号無視なんて絶対にしない。カミさんに悪戯されそうになって、それで揉み合いになったんだ。本当のことを話してよ。抵抗されたことが気に入らなくて殺したんでしょ？」

「残念だけど、おじさんには殺せないよ。彼女が学校の体育館倉庫で首を吊ったとき、おじさんはここで巡回中のおまわりさんと話をしていたんだからね」

「……え？」

意外な事実に、言葉を失った。

「だから、君を殺すことももちろんできやしない」

「…………」

黙り込んだ僕の肩に、カミさんは手をかけた。

「今度はおじさんが質問してもいいかな？」

「なに？」

「どうして、おじさんに殺してもらおうだなんて考えたんだい？」

「それは……」

うつむきながらも、僕は正直に答えた。

「……最初はトモミみたいに首を吊ろうかと思ってたんだけど、いざとなると勇気が出なくて……。それに苦しむのはイヤだったから。カミさんなら楽に殺してくれるかなと思ってさ……」

「どうして死にたいんだ？」

「だって、生きていてもつらいことのほうが多いし……僕が死んだって世の中はなんにも変わらないでしょ？」

唇を一文字に結ぶ。

「殺してくれるまでここを動かないよ。僕、しつこい性格だって友達にいわれてるんだ」

しばらくの間、無言の睨み合いが続いた。

「やれやれ」

最初に口を開いたのはカミさんだった。彼は立てかけてあった杖を取り、もう片方の手で僕の腕をむんずとつかむと、

「おいで」

それだけいってテントの外に出た。

「願いをかなえてくれるの？」

「馬鹿いえ」

半ば引きずられるような形で、彼のあとをついていく。ひっそりと静まり返った深夜の公園に、人殺しの疑いをかけられた男と二人きりでいるというのに、不思議と恐怖感はなかった。

カミさんは池のほとりをぐるりと回り、観覧車の前までやって来ると足を止めた。

「乗るか？」

僕のほうを振り返っていう。

「え……でも係員の人がいないから動かないよ」

「大丈夫。おじさん、こう見えても昔は遊園地で観覧車を動かす仕事をしていたんだよ」

どこからか二本の針金を取り出すと、それを鍵穴に差し込んで、あっという間に操作室のドアを開けてしまった。たくさんのボタンやレバーがついたパネルの前に立ち、ピアノでも弾くように両手を動かす。

重く低いモーター音と共に、ゆっくりと観覧車が動き始めた。カミさんが赤いボタンに触れると、今度は周囲が明るく輝き出す。まるで魔法を見ているみたいだった。

頭上を見やり、「うわあ」と感嘆の声を漏らす。ライトアップされた観覧車が、闇の中にぼんやりと浮かんでいた。

「さあ、乗りなさい」

いわれたとおり、ゴンドラへ乗り込んだ。従わなければならないような気がした。僕が椅子《いす》に座ったのを確認して、カミさんは外からドアを閉めた。

「あれ？　乗らないの？」

「おじさんはここで待ってるよ」

ドアは自動でロックされた。

もしかして、僕がてっぺん近くまで運ばれたところを見計らって、電源を落とすつもりなのかもしれない。あるいはどこかに爆弾でも仕掛けてあって、僕を殺すつもりなのか？　ほんの一瞬よくない妄想をふくらませたが、笑顔で手を振る彼を見たら、そんな思いもどこかへ吹き飛んでしまった。カミさんが人を殺すなんて、やっぱり想像できない。それに、たとえ殺されたとしても悔いはなかった。だって、それこそ僕が望んでいたことではないか。

ゴンドラは静かに上昇した。窓に寄りかかって、地上を見下ろす。公園の入口に立つライオンの石像は、すでにネズミほどの大きさになっていた。公園の池は墨を流し込んだみたいに黒く染まり、怪物でも現れそうな雰囲気だ。カミさんの生活するテントを捜したが、林の中は暗くてよくわからなかった。

『おーい、聞こえるか？』

突然、カミさんの声が響き渡り、僕は「ひゃっ」と小さな叫び声をあげた。どうやら、天井に取りつけられたスピーカーから聞こえてくるらしい。

『ドアの横にマイクがあるだろう？　それに向かってしゃべってごらん』

いわれた方向に目をやると、非常用のマイクが備えつけてあった。そこへ顔を近づけ、「あー」と声を出す。

『ＯＫ、ＯＫ。感度良好』

「いきなり、なに？　びっくりするじゃん」

『ごめん、ごめん。君に見てもらいたいものがあってさ。南の空を見上げてごらん』

彼の言葉に従い、南側の窓へ顔を貼りつける。雲の切れ間に、黄金色の満月が浮かんでいた。

『なにが見える？』

「月しか見えないけど」

『それを君に見てもらいたかったんだよ』

僕は唇をとがらせた。

「なんだ、つまんない。月なんていつも見てるよ」

『まあ、黙っておじさんの話を聞きなさい。月はどうやってできたか知ってるかい？』

勉強はあまり好きじゃない。半ばうんざりしながら、僕はしぶしぶ答えた。

「小学校のとき、教えてもらった。星が衝突して、地球の一部が砕けたんじゃなかったっけ？」

『正解。ほかにもいろんな説があるけど、その可能性が一番高いんじゃないかっていわれてるね』

「こんなところで理科の授業？　いいよ、もう」

文句を口にしたが、聞こえているのかいないのか、カミさんはおかまいなしに話を続ける。

『小さな星がぶつかった衝撃で、地球の地軸は傾いた。そのおかげで四季が生まれたんだとさ』

なぜ、カミさんがそんなことをいい出したのか、僕にはさっぱりわからなかった。まるで興味のない話だったが、ほかにすることもなかったので、あきらめて耳を傾ける。

『地球と月はおたがいの引力で引っ張り合いを続け、それが原因で地球の自転速度は遅くなった。今は二十四時間で一回転するけど、衝突しなかったら八時間という猛スピードで回っていたらしいよ』

「へえ……」

その事実は知らなかったので、素直に驚いた。

『地球が八時間で一回転したら、どうなると思う？　地上には突風が吹き荒れ、まともに立つことなんてできやしない。そんな環境では人類の生まれる確率はゼロに等しかっただろうね』

「月がなかったら、僕たちは存在していなかったってこと？」

『ああ。地球は今とは全然違う世界になってただろう』

カミさんはさらに続けた。

『地球にほかの惑星が衝突する可能性なんて限りなくゼロに近い。その衝撃によって地軸が傾き四季が生じたのも、月ができて地球の自転が遅くなったのも、ほとんど奇跡に近い確率で生じた偶然だ』

「………」

『それだけじゃないよ。太陽との距離も、生物の発生にちょうど適していたんだろう。地球よりもほんの少しだけ太陽に近い金星は灼熱《しゃくねつ》の星だし、ほんの少しだけ遠い火星は氷の星。どちらも生き物が住める場所じゃない。奇跡的な位置にあった地球だけが、生命を育むチャンスを得たんだよ』

いつの間にか、僕は彼の話に惹きつけられていた。

『今度は地上を見てごらん』

僕を乗せたゴンドラは、最上部へと近づいていた。視線を下へ移すと、明かりのついた家が何十、何百と見えた。

『たくさんの人が生活してるだろう？　地球上には何十億もの人がいる。その中で、君のお父さんとお母さんが知り合った確率も、これまた奇跡的な数値だ』

「…………」

『数々の奇跡が重なり合って君が生まれた。今、ここに君が生きているのは、何十億年も前から続いている驚くべき奇跡の結果なんだよ』

「僕が生きているのは……奇跡？」

なぜか声が震えた。

太ももが冷たい。下を見ると、ジーパンの裾が濡れていた。雨のしずくに似た丸い水玉が跳ねる。それが自分の流す涙だと気づいた途端、高ぶる気持ちをどうにも抑えられなくなってしまった。

僕は大声をあげて泣いた。ゴンドラが一周回り、カミさんに抱きしめられたあとも、涙はなかなか止まらなかった。

「泣くなよ。男の子だろう？」

カミさんの大きな手のひらが、僕の背中を優しく撫でていく。

「泣くなってば。おい。おじさん、涙を見るのは苦手なんだ。ほら、笑って。ぽっぽこぷー」

思い出した。あのときも聞いたのだ。奇妙奇天烈な魔法の呪文を。


小さな手のひらで額をぺちぺちと叩かれ、我に返る。

「なんだかぼんやりしてるみたいですけど……疲れましたか？」

長谷部さんが心配そうに、僕の顔を覗き込んでいた。

「いえ……大丈夫です」

慌てて笑顔を作り、容赦なく攻撃を仕掛けてくるアキラの腕を握る。

「迷子センターまであと少しですから、頑張ってくださいね」

それだけいうと、長谷部さんは再び前を向いて歩き始めた。

「あの――」

迷子センターに子供を預けたら、彼とは別れなければならない。再会するまでに二十年の歳月を要したのだ。またどこかで会えるという保証はどこにもない。それならば、今どうしても訊いておかなければならないことがあった。

「不躾《ぶしつけ》な質問を許してください」

広い背中に話しかける。感電したかのように、彼の肩が震えるのがわかった。

「あの日、僕のことを救ってくれたあなたが、どうしてそれから数日と経たないうちに、シンジを殺してしまったんですか?」

4

サクラシンジの遺体が発見されたのは、僕のプチ家出事件から四日後のことだった。まだ骨組みしかできあがっていなかったマンションから転落して死んだ、と見慣れた風景をバックにテレビのレポーターが早口でしゃべっていたシーンは、今でも鮮明に記憶に残っている。

シンジはその前日から行方不明だった。クラブ活動を終えて友人と別れたあと、姿をくらましていたらしい。自殺と事故の両面から捜査は進められたが、まもなくしてカミさんが逮捕された。シンジの行方がわからなくなった日の夜、公園内でカミさんと一緒にいるところを、犬の散歩にやって来た近所の主婦が目撃したのだという。警察が事情聴取を行なったところ、カミさんは素直に犯行を認めたのだそうだ。

事件当日のシンジの服装も、彼がどんな傷を負って死んでいたかも、カミさんはすべて正確に供述した。現場にいなければわからないことまで知っていたのだから、彼が犯人であることはもはや疑いようがなかった。

——とても可愛らしい男の子だったので、以前から目をつけていた。下校途中を狙って誘拐したが、激しく抵抗したために力ッとなって殴り殺したんだ。自殺に見せかけるため、遺体を建設中のマンションへ運び、そこから突き落としてやった。

ニュースで報じられたカミさんの自白は、にわかには信じがたいものだった。マスコミは残酷きわまりない性犯罪として、連日この事件を報道し、静かな田舎町は一時期大騒ぎとなった。しかし、僕にはなにもかもがドラマの中の出来事みたいに思えて仕方がなかった。

警察の追及は、トモミの事件にまで及んだ。カミさんは、彼女にも手を出そうとした事実を認めた。そのことにショックを受けて彼女は自殺したに違いない、と週刊誌の記事は推測していた。

カミさんは、ただの変質者だったのだろうか？

確かにトモミは可愛く、昔から「お人形さんみたい」とみんなに羨《うらや》ましがられていた。シンジも——本人は嫌がっていたが——女の子に間違えられるくらい、優しい顔立ちをした少年だった。

だけど、僕は違う。坊主頭にゲジゲジ眉毛。いつも泥だらけになるまで走り回っていた。そんな男の子では、カミさんのターゲットになり得なかっただろう。

そうだ。僕はたぶん、カミさんに好かれていなかった。だから、襲われずにすんだのだ。

模型飛行機の一件を思い出してみれば明らかだった。カミさんは冷たい池に落ちたシンジの飛行機は拾い上げたが、ちょっと木によじ登れば取れたはずの僕の飛行機は、「あとでおうちの人に取ってもらいなさい」と無視したではないか。

公園に住む神様はただの変質者だった――そう結論を下して納得しようとしたが無理だった。あの日――真夜中の観覧車に乗せてくれた彼の姿を思い出すと、やっぱり信じられなくなってしまうのだ。

――どうして、シンジを殺してしまったんです？

僕の問いかけには答えようとせず、長谷部さんは黙って迷子センターへと向かった。

「教えていただけませんか？」

しつこく迫ったが、彼の反応は変わらない。……当然だ。あれから二十年経っている。忌《い》まわしい過去など、封印してしまいたいと思っているに違いない。当時のことを知っている僕なんて、ただただ疎《うと》ましい存在でしかないのだろう。少し出しゃばりすぎたかもしれないと反省する。

僕が黙り込むと、

「……十二年間です」

あたりの喧噪《けんそう》にかき消されてしまいそうな弱々しい声で、長谷部さんは呟いた。

「……え？」

「十二年間を刑務所で過ごしました。そのあと三年間食品工場に勤めて……今の職場を紹介されたのが四年前です。あれからいろいろあったんですよ。二十年も前のことなんて忘れてしまい――」

「あ、ママだ！」

アキラが長谷部さんの言葉をさえぎった。

「ママ！　ここだよおっ！」

ぶんぶんと勢いよく手を振る姿が、影となって地面に映る。前方に視線を移すと、こちらに向かって全速力で走ってくる若い女性の姿が見えた。

僕の役目もここまでのようだ。

子供を降ろそうと腰を屈《かが》めた――そのときである。

「あ」

アキラが短い悲鳴をあげた。気配を感じて頭上に目をやると、風船が彼の手を離れて空高く舞い上がっていくところだった。母親と再会できた嬉しさから、うっかり風船を離してしまったらしい。

風に流され、風船はお化け屋敷のほうへと飛んでいく。

「あ、あ、風船が――」

アキラの情けない声が耳に届いた。

もうあきらめるしかないと思ったが、風船は運良く、お化け屋敷の横に設置された非常階段の最上部で動きを止めた。どうやら、手すりに引っかかったらしい。

「おじさん、取ってきて！」

アキラが長谷部さんの袖《そで》を引っ張る。面倒見のいい彼のことだから、すぐにお化け屋敷へ駆け

出すと思ったのだが、

「ごめん。おじさんには無理だよ」

意外な言葉が返ってきた。

「あの風船はあきらめて、ママに新しいのを買ってもらおうな」

「ヤだ！　あの風船がいいの！」

僕の肩から勢いよく飛び降りると、アキラは手足を振って暴れ始めた。一度こうなったらどうにも手がつけられなくなることは、二人の息子で経験ずみだ。

「あそこだったらなんとかなります。僕が取ってきますよ」

そういって、僕はお化け屋敷へと向かった。《関係者以外立ち入り禁止》の札を乗り越え、螺《ら》旋《せん》階段を登る。

――ごめん。おじさんには無理だよ。

長谷部さんの言葉がよみがえる。

――ごめん。……飛行機はあとで、おうちの人に取ってもらいなさい。

二十年前の台詞が重なった。

「あ――」

無事風船をつかみ、そこから長谷部さんのいる方向を見下ろして、僕はようやく真実に気がついた。

どうして、今までわからなかったのだろう？

自分の愚かさを呪う。

そうなのだ。カミさんはシンジを殺してなんかいない。

5

再び風船を離してしまわぬようにと慎重に手を振るアキラと、繰り返し頭を下げる母親に軽く会釈をすると、長谷部さんは踵《きびす》を返して迷子センターの前を離れた。

「待ってください」

慌てて、彼を呼び止める。このまま会えなくなるのはイヤだった。

「ああ……ご協力ありがとうございました」

長谷部さんは振り返り、他人行儀な挨拶をこちらに寄越《よこ》した。

「まだ仕事が残っていますから、私はこれで失礼しま――」

「あなたは誰も殺していない」

真正面から彼を見据え、僕は声を絞り出す。

わずかな沈黙のあと、

「……なにをおっしゃってるんですか?」

長谷部さんは首をすくめて笑った。

「罪を犯したから、私は十二年もの間、刑務所に入っていたんですよ」

「いいえ。あなたは殺していません。殺せるはずがないんです。建設中のマンションからシンジを突き落とすなんて、あなたには無理だ。だって、あなたは高いところに登ることができなかったんですから」

やんちゃ坊主の戯言《ざれごと》に呆れるようなしぐさで、彼は頭を横に振った。それでも僕はかまわず続ける。

「高所恐怖症なんですよね？　だから、非常階段に引っかかった風船を取りに行くことができなかった。さっき、ベンチの前で出会ったとき、石垣に登ることを拒んだのも同じ理由からです。そうでしょう？」

「おっしゃるとおりですよ」

長谷部さんはあっさりと認めた。

「だけど、二十年前からそうだったという証拠はどこにもありません」

「いいえ。昔からそうだったはずです。僕の作った模型飛行機が木の枝に引っかかったとき、あなたはそれを取ってはくれませんでした。池に落ちたシンジの飛行機は、びしょ濡れになりながらも取ってくれたというのに……。まだありますよ。覚えてますか？　僕を観覧車に乗せてくれたときのこと――あの夜、あなたは僕と一緒に観覧車へ乗り込もうとはしませんでした。ドアは自動で開閉するんですから、二人で乗り込んだってとくに問題はなかったでしょう？　自殺を思いとどまらせるなら、非常用のマイクを使うより、直接話し合ったほうがずっと簡単だったはずなのに……」

「まるで説得力がありませんね。昔のことはあまりよく覚えていませんが、模型飛行機を取らなかったのは単なる気まぐれ。観覧車に乗らなかったのは、誰かがやって来て不意に電源を止められたら困ると思ったからかもしれません」

長谷部さんは笑顔を崩そうとしなかった。

「こいつが犯人であるという充分な証拠をつかんだから、警察は私を逮捕したんです。私が殺したんですよ。それでいいじゃありませんか」

「なぜです？」

僕は声を荒らげた。

「全然、納得できませんよ。本当はなにもやってないのに、どうして罪をかぶったりしたんです？」

「僕がしつこい性格だってことは知ってるでしょう？」

「勘弁してください。そろそろ仕事に戻らないと――」

「…………」

一文字に唇を結び、じっと彼を見つめる。そのまましばらくの間、睨み合いの状態が続いた。

「わかりましたよ」

二十年前と同じく、先に沈黙を破ったのは彼のほうだった。

「……あなたもご存知のとおり、あの頃の私の生活はひどくすさんでいました」

宙を見上げ、ため息混じりに答える。

「どうしてだかわかります？」

中央公園にやって来る前の長谷部さんを僕は知らない。正直に、首を横に振った。

「一人娘を失ったんですよ」

穏やかな面持ちのまま、彼はいった。

「自殺でした。風呂場で手首を切ったんです。遺書はなく、なぜ死のうと思ったのか、その理由は今もわかりません。どうして彼女の苦しみに気づいてやれなかったのか……私は自分を責めました。酒に逃げ、それが原因で妻と別れ、ますます自暴自棄になり、借金を背負って……転落なんてあっという間ですよ。死ねば楽になるかと思い、自殺を試みたこともありました。酒と一緒に睡眠薬を飲んで……それから果物ナイフを身体に突き刺したんです」

右手で首の傷痕に触れ、長谷部さんはさらに言葉を紡いだ。

「結局、死にきれなかったんですけどね。最後は夜逃げ同然で家を出て……あとはあなたが知っているとおりです」

そこでいったん言葉を止めると、彼はまばたきと共に、長い吐息を漏らした。

「娘を失って、初めてわかりました。死にたがっている子供は、必ず周りになんらかのサインを発しているものなんです。私は罪滅ぼしのつもりで登下校中の子供たちを見回り、もしもサインを受け取ったら、そのときはできるだけ力になってやろうと考えました。それが私に課せられた使命なのだと信じて……」

「もしかして、トモミもシンジもサインを出していたと？」

「彼らだけじゃない。あなたもですよ」

死んだ二人の冥福を祈るようにまぶたを閉じ、胸に手を当てながら長谷部さんは続けた。

「あなたは私の説得に応じてくれましたが……二人はダメでした。女の子のほうは下校途中にこちらから声をかけたのですが、思いきり警戒され、逃げられてしまいましたよ。じっくり時間をかけてわかってもらうつもりでしたが、まさかあんなにも早く自殺してしまうなんて……」

悔しそうに唇を噛む。

「もう一人は……シンジ君でしたっけ？　彼は私の説得に、一度は納得する素振りを見せたんです。『家に帰りたくない。今夜だけここに泊まらせてほしい』というので、思いどおりにさせてあげたんですが……。物音で目を覚ますと、ちょうどテントを抜け出していくところでした。すぐにあとを追いかけましたが、骨組みだけしかないマンションに登られては、どうすることもできず……」

二人が自殺した理由はわからない。いや、僕がそうであったように、明確な理由などなかったのかもしれない。もはや、彼らの心の内を知ることは誰にもできなかった。

長谷部さんは僕の肩に手を置き、細い目をさらに細くしながら微笑んだ。

「私は、刑務所に入ってよかったと思っています。娘のサインに気づいてやれなかった罪を償《つぐな》うことで、少しは気持ちが楽になりました。規則正しい生活を送ったおかげで、アル中も持病の椎《つい》間板《かんばん》ヘルニアも治りましたしね」

「……事件の真相はわかりましたよ」

僕は静かに言葉を紡ぐ。

「だけど、まだ肝心な部分を聞かせてもらっていません。自分が殺したなどと、あなたはどうして嘘の供述をしたんです？」

「……今日はお子さんと一緒にいらしたんですか？」

僕の質問とは一見無関係な話題を、彼はいきなり持ち出した。

「ええ……」

戸惑いながら答える。

「おいくつですか？」

「もうすぐ九歳になります」

「可愛い盛りですね」

長谷部さんは顔全体をしわくちゃにして笑った。

「だったら、あなたにもわかるでしょう？　もしも、自分の子供が自殺したら……」

ポケットの中で、僕の携帯電話がけたたましい電子音をかき鳴らした。

「……すみません。あれ？」

呆気《あっけ》にとられる。忍者のような素早さだった。電話に気を取られた一瞬の隙をついて、長谷部さんは消えてしまったのだ。慌てて周囲を見回したが、彼の姿はもうどこにも見当たらなかった。

しつこく鳴り続ける携帯電話に視線を落とす。発信者は咲妃だ。

通話ボタンを押した途端、

『今、どこ？』

彼女の苛立《いらだ》たしげな声が聞こえてきた。

『もう！　何回電話したと思う？』

「ごめん。聞こえなかったんだ」

首を伸ばして長谷部さんを捜すが、この近くにはいないようだ。あきらめて、携帯電話を握り直す。

「本当にごめんよ。迷子の世話をしていたもんだからさ。おまえはどこにいるんだ？」

『あなたのはるか頭上』

「……え？」

空を仰ぐと、巨大な観覧車が見えた。

『電話をかけてもちっとも繋がらないから、悠人が高いところからパパを見つけようって』

「そうか」

背後から聞こえる子供たちの騒ぎ声に、自然と笑みがこぼれた。

悠人と悠大は僕の最大の宝物だ。絶対に失ってはならない。

——だったら、あなたにもわかるでしょう？　もしも、自分の子供が自殺したら……。

最後に、長谷部さんはそういった。

悠人や悠大が自殺？　そんな場面、想像したくはなかった。子供を失った苦しみは計り知れないものだろう。どうして彼らの苦しみに気づいてやれなかったんだ？　といつまでも自分を責め続けるに違いない。いや、あるいは、うちの子は自殺などしていない、これは事故だったのだ、と思い込もうとするだろうか。ひょっとしたら、誰かにその責任を押しつけようと考えるかもしれない。

——うちの娘が自殺なんてするわけない。きっと、あのホームレスに殺されたんだ。

トモミの母親がそう訴えたように。

自殺で子供を失うほど、つらいことはないだろう。怒りの矛先《ほこさき》を自分以外の人間に向けられるのなら、僕だって迷うことなくそちらを選ぶ。トモミの母親も、カミさんのせいにすることで、ほんの少しは楽になれたのかもしれない。

「あ。だから……」

カミさんの真意にようやく気づき、僕は愕然《がくぜん》とした。

自殺によって一人娘を失った彼は、その後、地獄の日々を過ごしてきた。そんなつらい思いは、ほかの誰にも味わってもらいたくない。そう考えたとしても不思議はなかった。だから、自分が犯人だなどと嘘の供述を行なったのではないだろうか。

だけど、そんな……。自分の人生を棒に振ってまで……。

いや、彼ならきっとこう答えるだろう。

——すでに、人生を棒に振ったあとでしたからね。私が変質者として逮捕されることで、ほんの少しでも救われる人がいるのなら、それでよかったんですよ。

携帯電話を持つ手が震えた。

『あなた、どうかした？』

咲妃の声が聞こえてくる。

「いや、べつに」

僕は頭を振り、無理矢理に陽気な声を出した。

「悠人も悠大も楽しんでるか？」

『さっきからずっとはしゃぎっぱなし』

「二人に代わってくれ」

『はいはい』

携帯電話を受け渡す音が聞こえたかと思うと、

『パパ！』

すぐに元気のよい二重唱が携帯電話から響いた。

『すごいよ。人がアリンコみたい』

『駐車場の車はカブトムシみたい』

なるほど。咲妃のいうとおり、ずいぶんとテンションが高いようだ。

「ほかになにが見える？」

『うーんとね、お月様』

『まん丸だよ！』

日暮れも近い。東の空を見上げると、満月間近の月がちょうど昇ってくるところだった。

悠人も悠大も、いつの日か自らの死について考えるときがやって来るのだろうか。そのとき、彼らの出すサインに僕は気づいてやれるだろうか。いや、なんとしても気づかなければならない。それが僕に課せられた義務なのだ。

「なあ、悠人、悠大」

『なに？』

『なあに、パパ？』

二十年前にカミさんから教わったことを、彼らにも伝えようと口を開こうとしたが、八歳の子供にはさすがにまだ難しすぎるだろうとすんでのところで思いとどまる。

『ねえ、パパ。なんなの？』

『早くしゃべってよ』

僕が押し黙ったままなので、二人はしつこく次の言葉を催促してきた。

仕方がない。なにかインパクトのある台詞を吐かないと、この場はおさまらないだろう。

僕は鼻の頭を掻き、携帯電話に向かって大声で叫ぶ。

「ぽっぽこぷー」

次の瞬間、二人のけたたましい笑い声が、僕の鼓膜を心地よく震わせた。

参考文献

ニール・F・カミンズ　竹内均監修・増田まもる訳
「もしも月がなかったら　ありえたかもしれない地球への10の旅」東京書籍

タトウの伝言

1

あまりにも暇だったので、店内にあるすべての絵の具をグラデーションがかかるように並べ換えてみた。

三回やり直して、ようやく満足のいく仕上がりとなる。それでも腕時計の針はほとんど進んでいなかった。電池が切れているんじゃないかと本気で疑ったくらいだ。

人通りの多い商店街にある画材ショップ。かれこれ五時間近く店番をしているが、訪れた客はたったの三名しかいない。しかも売れたのは、スケッチブック一冊きり。一時間分のバイト代にすらなりはしないだろう。この店がどうしてつぶれないのか、小倉孝介《おぐらこうすけ》は常々不思議に思っている。

店主の儲《もう》けは、果たしてどのくらいあるのだろう？　と考え始めた途端、大きなあくびがひとつ漏れた。

とにかく、退屈で仕方がない。

以前なら、店の前の風景や鏡に映った自分をスケッチして、いくらでも時間をつぶすことができた。しかし、もう二度と絵を描くつもりはない。この店でのバイトも、新しい就職先が決まり次第、辞めるつもりでいた。

指先にわずかな痛みを感じ、右手へ視線を落とす。一昨日、火傷《やけど》を負った人差し指は、今もまだ赤く腫《は》れたままだった。これまでに描いた作品を、すべて炎の中へ投げ込んだときにできた傷だ。

火傷の痕を見ていると、指先だけでなく胸の奥まで痛くなってきた。孝介はあくびともため息ともつかないものを吐き出し、レジの横に放り出したままの《月刊現代絵画》最新号を手に取った。

グラビアを飾るひげ面の男性は、美術大学教授の前畠晋《まえはたしん》だ。世界的に有名な漣涼《さざなみりょう》画伯の研究家として名を知られており、孝介もデザイン専門学校へ通っているとき、何冊か彼の著作を読んだことがあった。漣涼の没後十年に当たる今年は、テレビや雑誌にたびたび登場し、偉大なる画家の魅力を熱く語っているようである。

記事をざっと流し読む。現在、前畠教授がオーナーを務める美術館で、漣作品の展示会を行なっているという情報以外、とくに目新しいことは書かれていなかった。漣涼の魅力なら、孝介も充分に承知している。

「……あれ？」

あくびを噛《か》み殺しながら雑誌を閉じようとして、彼はその手を止めた。前畠晋のアトリエを撮影したグラビア写真。その片隅に、気になるものが写っている。

写真に顔を近づけた。間違いない。アトリエの壁には、〈刺青《いれずみ》の女〉が飾られていた。漣涼の初期の代表作のひとつだ。単なる裸婦像ではなく、うなじから乳房にかけて彫り込まれた幾何学模様のタトゥが、なんともいえぬ独特な雰囲気を醸《かも》し出している。

どうして、この絵が？

孝介が首をひねるのとほぼ同時に、すぐそばでわざとらしい咳払いが聞こえた。顔を上げると、初老の男性がぶっきらぼうな表情を貼りつけて立っている。

「……あ、いらっしゃい」

雑誌を閉じ、孝介は慌てて立ち上がった。

「これ、もらえるかな？」

そういって差し出されたメモには、絵の具や絵筆の種類・型番が細かく書き記されている。孝介は店内を何度も往復しながら、客の求める商品をそろえていった。

あたふたと動き回る彼に、男性は冷やかな視線を向ける。もっと効率よく動き回れないのか？と責められているようで、冷汗が流れた。

几帳面《きちょうめん》に書かれたメモの一番最後には《畳箱》と記されている。

「たたみ……ばこ？」

なんのことかわからず、首をかしげると、

「あんた、本当にここの店員かい？」

呆れ口調でそういわれてしまった。

「はあ……すみません」

わからないものは仕方がない。こちらはただ頭を下げるしかないだろう。

「これだからバイトは困るんだよ。こういう店で働くのなら、最低限の勉強をしてもらわなくちゃ」

しかめっ面を浮かべたまま店の奥へと進み、男は絵画を保管するための段ボールケースを指差した。

「これだよ、これ」

孝介は深々と頭《こうべ》を垂れ、これ以上客の機嫌を損ねないようにと、急ピッチで商品を袋に詰め込んだ。

男は乱暴に代金を置くと、舌打ちを残して店から去っていった。自分がどうしようもなくダメな人間に思えてくる。

いや、実際、ダメな男なのだろう。

今日何度目かのため息が、店内に漂う絵の具の香りと混ざり合う。

画家を夢見て、親もとを離れてから三年が経つ。その間に、僕は一体なにをつかんだのだろう？

高いお金を払って入ったデザイン専門学校は、講師とそりが合わず、途中で辞めてしまった。公募展に出すつもりで制作していた人物画も、結局完成しなかった。モデルになってくれた恋人は、なにをやっても中途半端な孝介に愛想をつかし、数日前に彼のもとから離れていったばかりである。

馬鹿げた夢を追いかけるのは、もうやめよう。画家になんて、なれるはずがない。これからは堅実に生きていくんだ。

そう決意し、彼はこれまでに描いたすべての作品を灰にしたのだった。

ポケットの携帯電話が、派手なメロディーをかき鳴らす。液晶画面には、見覚えのない番号が表示されていた。

彼女と別れた今、孝介に電話をかけてくる知り合いなど皆無に等しい。誰だろう？　と訝《いぶか》しみながら、通話ボタンを押す。

『小倉孝介さんですか？　私、《ワンダフルフューチャー》人事部の永沢《ながさわ》と申しますが』

甲高い声が耳に届く。自然、電話を握る手に力が入った。《ワンダフルフューチャー》はインターネット上で大々的に社員募集を行なっていたＩＴ企業だ。月収五十万円以上という文句に惹かれてダメもとで応募し、先日面接試験を終えたばかりだった。

『選考の結果、採用と決定いたしましたのでご報告申し上げます』

「……え？　採用？」

まさか受かるとは思っていなかったので、声が裏返る。

「本当ですか？」

『はい。早速、明日にでも本社のほうへお越しいただきたいのですが、ご都合のほうはよろしいでしょうか？』

「は、はい。もちろんです」

興奮して、舌がうまく回らない。

『では、明日の午後二時に。本社の所在地を記しました地図を、自宅のほうへファックスしておきますのでご確認ください。どうぞよろしくお願いします』

「はい。どうもありがとうございます。それでは明日――」

相手に見えるわけでもないのに何度も腰を折り、孝介は通話を終えた。

両手を上げ、「万歳！」と大声で叫ぶ。明けない夜はない。今までがあまりにもどん底過ぎたのだ。きっと、これからは運が向いてくるに違いない。

火傷した指先が痛みを増したが、孝介はそれに気づかぬふりをして、いつまでもはしゃぎ続けた。

2

気がつくと、美術館の前だった。《漣涼展》の文字が視界に飛び込んでくる。

孝介はひどく戸惑った。

どうして、こんなところにいるのだろう？　顔なじみの居酒屋で、就職内定の祝杯をあげるつもりだったのに。

絵画になど、もはやなんの興味も持っていないし、もちろん未練だってない。さっさと退散しようと背を向けたが、そのとき視界の隅に意外な人物を発見した。

ロビーのソファに、紳士然としたひげ面の男が座っている。先ほど、美術雑誌のグラビアで見かけた前畠教授その人だ。いや、彼がその場にいることは意外でもなんでもない。ここは前畠教授の所有する美術館だし、《漣涼展》は彼のコレクションを陳列した催しだ。

意外なのは、教授の向かい側に座る女性だった。三年前と較べて、背が幾分縮んだような気がする。

教授に向かって、何度も頭を下げるその女は孝介の母――幸枝《ゆきえ》に間違いなかった。

母に見つからぬよう、柱の陰に隠れて様子をうかがう。幸枝はかしこまった様子で、テーブルの下から風呂敷包みを取り出した。

「バッカじゃねえの」

孝介はそう毒づいた。思いがけない母との再会には驚きを隠しきれなかったが、彼女がなにをしにやって来たかは、おおよそ見当がつく。おそらく彼女も、《月刊現代絵画》の最新号に目を通したのだろう。だから、居ても立ってもいられなくなり、前畠教授のもとを訪ねて来たのだ。

胸もとに幾何学模様のタトゥが彫り込まれた女性――漣涼の描いた〈刺青の女〉を、孝介が初めて目にしたのは七歳のときである。

孝介の父――藤吉《とうきち》は元画商で、〈刺青の女〉は彼のコレクションのひとつだった。昼間は店の一番目立つ場所に陳列されていたが、藤吉に売る気はなかったようだ。

営業時間が終わると、〈刺青の女〉だけが表面にビロードの貼られた立派なケースに入れられ、倉庫のもっとも風通しのよい場所で保管された。そのことからも、藤吉がどれだけ〈刺青の女〉を大切にしていたかがわかる。その絵がほかの作品と較べて桁違《けたちが》いに秀でていることは、まだ幼かった孝介の目にも明らかだった。

父が亡くなり、店をたたんだあとも、〈刺青の女〉だけは手放すことがなかった。たぶん今でも、ビロードのケースに入れられて、居間の片隅にしまってあるはずだ。

その絵をどうして、前畠教授が所持しているのだろう？

漣涼の研究家が贋作《がんさく》など飾るはずがない。となると、導き出される結論はただひとつ。孝介の家にあった〈刺青の女〉は偽物だったということだ。

幸枝も同様の結論に達し、だから慌てて前畠教授のもとを訪ねてきたに違いない。

「あの……これが電話でお話しした作品なんですけど」

彼女は風呂敷包みをほどき、中からビロードのケースを取り出した。薔薇《ばら》の刺繍が施されている。〈刺青の女〉を保管していたケースに間違いなかった。

震える手でケースを開け、幸枝は中から10号程度の小さなキャンバスを取り出した。孝介の位置からはよく見えないが、彼ら家族が〈刺青の女〉だと信じて疑わなかった贋作だろう。

「先生、いかがでしょう？」

恐る恐るといった感じで、幸枝は尋ねた。緊張のためか、その声は幾分かすれている。

「うーん……」

手渡された作品を眺め、教授は露骨に困惑の表情を浮かべた。

「申し訳ありませんが、どうにもなりませんねえ」

幸枝の落胆ぶりはすさまじかった。がっくりと肩を落とし、深く長いため息を吐き出す。

そんな彼女を見て、前畠教授は慌てた様子でフォローの言葉を続けた。

「いや、そっくりですよ。よく描けているとは思います。でもねえ……」

「……やっぱりダメでしょうか？」

「タトウの出来には、目を見張るものがありますから、売ればたぶん二千円くらいにはなると思いますが」

元気づけるためにそういったのだろうが、むしろ幸枝には逆効果だ。五百万円は下らないと信じていた絵画の価値が二千円といわれて、喜べるはずもない。

「バッカじゃねえの」

落ち込む母の姿を見て、孝介は先ほどと同じ台詞を繰り返した。鼻を鳴らし、背中を向ける。

父の形見を灰にしてまで守りとおした絵画が、たった二千円だなんて、あんたにとっては相当ショッキングな出来事だろうな。

自業自得だ、と彼女を罵《ののし》り、美術館をあとにする。

「きっと、天国の父さんが罰を下したんだよ」

夕方の空を仰いで、小さくひとりごちた。

「いい気味だ」

鼻を鳴らして笑ったが、しかしその言葉とは裏腹に、孝介の心はいつまでも暗く澱《よど》んだままだった。

3

居酒屋で酎ハイを三杯あおり、ほろ酔い気分でアパートへ戻る。

一年中出しっぱなしのコタツの上には、《ワンダフルフューチャー》から届いたファックスが置かれていた。採用者説明会の開始時刻と、本社までの地図が記されている。

明日から、この会社で頑張ろう。

孝介は小さく頷くと、買ったばかりのスーツをクローゼットから取り出した。適当に吊るしておいたためか、一度しか着ていないのに、早くもくたびれて見える。このままでは、さすがに印象が悪いと思い、手のひらで、懸命にしわを伸ばした。

人生の再スタートだ。

自分にそういい聞かせようとすればするほど、なぜか心は乱れていく。むきになって伸ばしたせいで、スーツはよけいにしわが目立ってしまった。

ホント、なにをやっても冴えない男だよな。

壁にもたれかかり、自嘲気味に笑う。

画家になろうと決めたのはいつだったっけ？

ふと、そんなことを考えた。小学校の卒業文集には〈将来の夢　画家〉と書いてあったから、少なくともその頃には決めていたのだろう。

父の商売柄、孝介は幼い頃からたくさんの絵画に囲まれて育った。その影響もあって、絵を好きになったのだと思う。

ぼく、あの絵、大好きだよ。

〈刺青の女〉を指差しながら孝介がそういうと、藤吉は嬉しそうに笑って頭を撫でてくれた。

さすが俺の息子だ。いい眼を持ってるじゃないか。

父の言葉がよみがえる。

この絵はな、世界の巨匠、漣涼先生の描いた大傑作なんだぞ。おまえも、漣先生みたいなすごい画家になってくれよな。

「無理いうなよ」

冷蔵庫から取り出した缶ビールを一気にあおり、ゲップと共に言葉を吐き出す。

「いい眼を持ってる？　どこがだよ。僕も父さんも、それが贋作であることを見抜けなかった。僕たちには絵の才能なんて、ハナからなかったんだよ」

だから、藤吉の商売もうまくいかなかったのだろう。彼は身体を壊し、孝介が小学五年生のときに病死してしまった。

藤吉が亡くなって以降は、母一人、子一人の苦しい生活が続いた。幸枝は孝介を養うため、保険の外交を始め、夜遅くまで働き続けた。

母の苦労を慮《おもんぱか》り、高校へ進学せずに働くと宣言したとき、彼女は孝介を優しく諭《さと》してくれた。

実をいうとね、とっても貴重な絵が、倉庫にひとつ保管してあるんだよ。

〈刺青の女〉のことだとすぐにわかった。倉庫の奥には、父が生きていた頃と同じように、ビロードのケースが立て掛けてあったからだ。

そのうち一千万円以上で売れるようになるかもしれないからさ。おまえはなんにも心配せずに高校へ行けばいいんだよ。

「一体、いつからおかしくなっちゃったんだろうな」

空になったビール缶を押しつぶし、そうひとりごちる。

高校に入った頃はまだ、母との関係も良好だったし、孝介自身、絵を描くことが楽しくて仕方がなかったはずだ。

だが、たった一度の不幸な出来事がきっかけで、歯車はまるで嚙み合わなくなってしまった。

高校一年生の冬に起こったあの事件から、すべてが狂い始めたのだ。

放火の被害に遭い、孝介の自宅は全焼した。幸い、二人は怪我ひとつしなかったが、家財道具のほとんどは灰になってしまった。

当時のことを思い返すと、今でも胸が痛む。孝介は頭を振り、イヤな記憶を追い払った。酔ってしまったのか、立ち上がると足もとがふらついた。

洗面所で顔を洗う。鏡を覗き込むと、生気を失いかけた男がぼんやり見返していた。

——戻らなくっちゃ。

燃え盛る我が家を目の前に、鬼気迫る表情でそう叫んだ幸枝の姿がよみがえる。

彼女は「どうしても守らなくちゃいけないものがあるから」といって、周りの制止を振りきり、炎に包まれた自宅へと飛び込んだ。てっきり、父の形見を取りに戻ったのだと思った。しかし、煤《すす》まみれで生還した彼女は、薔薇の刺繡が施されたビロードの絵画ケースを、大切そうに抱きしめていたのだ。

なによりも守らなきゃいけなかったものが〈刺青の女〉なのか？　もっと大切なものはなかったのだろうか？

ケースに頰ずりを続ける幸枝の姿に、孝介は愕然とした。

父が亡くなり、苦しい生活を続けるうちに、母は金の亡者となってしまったのだろう。もちろん、彼女を責めることなんてできない。幸枝の頑張りがあったからこそ、孝介はみじめな思いをせず、子供時代を過ごすことができたのだ。

とはいえ、母の行動を全面的に認めることもできず、その火事をきっかけに、彼女との関係は気まずいものへと変化していった。

事件後は、母と二人での借家暮らしが始まった。心のすれ違い始めた家族には、六畳ふた間の生活はあまりにも狭く息苦しかった。自然、孝介の足は自宅から遠のくようになった。

専門学校の講師とそりが合わずに喧嘩したり、全力で描いて応募した作品が選考委員に酷評されたりと、自信を失うエピソードが重なったことも、孝介を腐らせる要因となった。

専門学校を辞め、絵を描く気力もなく、毎日目的もなく遊び歩くうちに、金もなくなった。どうにかして金を作ろうと、父の遺影の裏にしまってあったビロードのケースを持ち出そうとして、幸枝に見つかった。

当然、彼女は激怒した。

「それを描いた人はね、心の底から絵が好きで……だからそんなにも素晴らしい作品に仕上がったんだよ。孝介、おまえには無理だ。中途半端な夢なんて、すっぱりあきらめちまいな」

長年の夢を否定され、孝介もついカッとなった。

「絵のことなんて、なんにもわからないくせに、偉そうなことというなよ！」

自分が百パーセント悪いことはわかっていたが、一度勢いがついてしまったら、もうどうにもならない。

「高く売れる絵がいい絵ってわけじゃないのにさ。母さんはただ、金がほしいだけなんだろう？」

そのまま家を飛び出し、三年が経つ。自宅から電車とバスを乗り継いで、わずか二十分ほどの距離に住んでいるが、そのときから家には一度も戻っていない。今後、戻るつもりもなかった。

北向きの窓を開け、かびくさい裏通りを眺める。

「こんな生活、もうたくさんだ！」

酔いに任せ、大声で叫んでやった。うるせえ！　とすぐ近くで怒声が聞こえたがかまうものか。

明日から、新しい職場で、新しい仲間たちと、新しい生活を始める。今度こそ、充実した人生を歩めるだろう。そうなれば、こんな古ぼけたアパートともおさらばだ。

4

約束の時刻よりも十分早く、本社にたどり着く。《ワンダフルフューチャー》という響きから、近未来的なオフィスを勝手に想像していたが、実際にやって来た場所は、薄暗いマンションの一室でしかなかった。

部屋のいたるところに、高価そうな絵画や彫刻が陳列されている。なんのコンセプトもなく、ただごてごてと置いてあるだけなので、統一感はまるでない。成り金であることをあえて主張しているようで、かなり滑稽だ。社長の趣味なのだろうが、おそらく美術品の知識なんて、これっぽっちも持ち合わせていないに決まっている。

「やあ、いらっしゃい。小倉君だったっけ？　よく来てくれたね」

でっぷりと太った男が、にこやかに挨拶をよこした。恰幅の良さから判断するに、どうやら彼が社長らしい。色の入った眼鏡をかけているため、表情はいまひとつわかりにくい。だが、右耳の下にある傷痕や、こぶしにできた大きなかさぶたから、まともな人間でないことは容易に想像できた。

「そんなに固くならずに。さ、座って、座って」

促されるまま、社長の正面に腰かける。

「君さえよければ、早速今日からでも働いてもらいたいんだけど、かまわないかなあ？」

「いえ……あの……」

孝介はしどろもどろに答えた。

「社員の皆さんはどちらに？」

「ああ、隣だよ」

肉のついた顎で、古ぼけたドアを指し示す。ドアの張り紙には、煙草《たばこ》のイラストと大きなばってんマークが描かれていた。《禁煙》の表示かと思ったが、よく見るとイラストの下には《大麻禁止》と記されている。本気なのかジョークなのか、なんとも判断しづらいところだ。

「悪いねえ。みんな、忙しくて手が離せないんだ。ちょうどカモをひっかけてる最中だから、ひと仕事終わったら、まとめて紹介するよ」

「……カモ？」

そう訊き返すのとほぼ同時に、隣の部屋から情けない声が聞こえてきた。

「あ、おふくろ？　オレだよ、オレ。……そうヒロシ。……元気でやってるって答えたいところだけど、実はちょっとしたトラブルに巻き込まれちゃってさ。……電話、代わるね」

続いて、別のしゃがれ声が耳に届く。

「もしもし、ヒロシ君のお母さんでしょうか？　私、全日本弁護士組合所属のナガセと申します。実はお宅の息子さんが、先ほど交通事故を起こしまして。……いえ、幸いなことに命に別条はありませんでした。ヒロシ君は無傷。相手のかたも右脚を打撲しただけですみました。……ただですねえ、ヒロシ君、ちょっとばかりお酒を飲んでましして。警察沙汰になりますと、少々厄介なことに……」

なんだ、これは？

あまりの衝撃に、孝介はしばらくの間、呼吸することを忘れてしまった。激しく咽《む》せ返り、涙目で社長を見上げる。社長は葉巻をくゆらせながら、ただにやにやと笑うばかりだ。

「被害者のかたは、示談金さえいただければ、警察には届けないとおっしゃってます。……ええ、たいした金額ではありません。二百万円ほど用意していただければ……」

いくら世間に疎い孝介でも、隣の部屋の男たちが本当に交通事故の加害者と弁護士だなどとは思わない。そもそも、全日本弁護士組合なんて聞いたことがなかった。

これはいわゆる、振り込め詐欺というヤツではないのか？

「あの、すみません」

そうとわかれば、長居などしていられない。彼は慌てて席を立った。

「ごめんなさい、失礼します。会社を間違えました」

「間違えてないよ。君、小倉君だろう？」

鼻から葉巻の煙を勢いよく吐き出し、社長は目を細める。

「あの……こういう会社だとは思っていなかったので」

「気の毒だけど、そう簡単には帰れないなぁ」

ソファにふんぞり返ったまま、彼は続けた。

「君、この前の面接試験のとき、雇用契約書にサインしただろう？」

スーツのポケットから書類を取り出し、ハンカチでも振るみたいにひらひらと動かす。

雇用契約書？

そういえば、細かい文字のぎっしり詰まった書類を渡され、名前を書くよう急かされた覚えがある。目をとおす暇もなく、いわれるままに自分の名を書き綴ったが……。

「辞めるのはいっこうにかまわないよ。だけど、契約書に書いてあるとおり、三百万円支払ってもらわないと」

「三百万？」

声が裏返った。

「そんなバカな」

「あれ？　ちゃんと読まなかったの？　ここに書いてあるんだけど。契約期間は一年とする。被雇用者の一方的な都合で契約を解除する場合、いかなる理由であれ、三百万円を支払ってもらうって」

やられた。

全身から力が抜けていく。

どうやら、まんまとはめられてしまったらしい。孝介自身、カモの一人だったというわけだ。ちょっと考えてみたら、すぐにわかることだったのに、と己のバカさ加減を呪う。週休三日で、しかも月給五十万円。そんな美味しい話なら、志願者が殺到して当然だ。専門学校を中途退学した、なんの取り柄もない男が、すんなり入社できるはずがない。

「今すぐ、キャッシュで払ってもらいたいんだけどなあ」

あごの贅肉をつまみながら、社長は静かな口調で告げる。

「無理です。三百万円なんて大金、持ってませんよ」

「だったら、お母ちゃんに泣きついたらどうだい？」

隣の部屋に通じるドアを示し、彼は続けた。

「母親ってヤツはね、できの悪い息子ほど可愛くて仕方のないものなんだよ。ひっかけてる俺たちが、どうして？　と不思議に思うくらい、みんなころころと騙《だま》されてくれる。なんともぼろい商売だ」

なにがそんなに面白いのか、社長は喉を鳴らして笑った。

「ちょっと冷静になって考えてみれば、すぐに詐欺だと気づきそうなものなのに、自分の子供のこととなると、途端に周りが見えなくなっちまうんだろうなあ。『仕事で失敗して、三百万円支払わなくちゃいけないんだ。助けてくれ』って君が泣きつけば、お母ちゃんはきっと気前よく金を出してくれると思うけど」

本当にそうだろうか？

孝介は考えた。

彼が実家を飛び出してすぐ、幼なじみの友人にそれとなく母の様子を探ってもらったが、彼女は息子を心配するそぶりなどこれっぽっちも見せず、いつもと変わらぬ生活を続けていたらしい。

そんな人が、果たして僕のことを本気で心配してくれるだろうか？　金を送ってほしいと頼み込んで、もし断られたらどうする？　いや、きっと一蹴《いっしゅう》されるに違いない。

「ごめんなさい。できません」

孝介はその場に土下座した。社長の視線が背中に突き刺さるのがわかる。恐ろしくて、頭を上げることができない。

「どうして？」

落ち着き払った声で社長はいった。冷静沈着なその態度が、さらに恐怖心をあおる。

「あの……僕、口下手でして……だからたぶん、母親を相手にうまくしゃべることができないと思うんです」

とっさに思いついたでまかせを口にした。

「なんだ、そんなことなら心配しなくていいよ。俺たちはこの道のプロ。君の代役ならいくらでもいるから」

ダメだ。どうあがいても、逃げ道はないらしい。

腹を据えた孝介は土下座を解き、ゆっくりと頭を上げた。

「あの……」

恐る恐る、社長の脂ぎった顔に視線を合わせる。

「もし、母が支払ってくれなかったら？」

「うーん、そうだなあ」

社長はソファから立ち上がると、孝介のそばへ歩み寄り、子供のように無邪気な笑みを浮かべた。

「そのときは腎臓でもなんでも売り払って、金を作ってもらうしかないかなあ」

5

《大麻禁止》の張り紙がされたドアの奥へ案内され、社長にいわれるがまま、パイプ椅子に腰を下ろす。

部屋の中にはほかに三人の男がいて、それぞれが書類を片手に難しい表情を浮かべていた。三人ともポロシャツにジーパンのラフな出で立ちだが、真剣に打ち合わせをするその姿は、企画会議の最中のように見えなくもない。

「じゃあ、パターンFをそのまま使うということでいいっすね？」

三人の中でもっとも年下らしいニキビ面の男が、書類に赤のアンダーラインを引きながら口を開いた。首からぶら下げた携帯電話には、すでに孝介の実家の電話番号が登録されている。どうやら、彼が孝介の役を担当するようだ。

どうして、こんなことになっちゃったんだろう？

ため息ばかりが、埃《ほこり》のたまった床にこぼれ落ちる。

つい数十分前までは、自分がこのようなピンチに陥るなんて、想像すらしていなかった。それどころか、今日から新しい人生が始まると信じ、胸ときめかせていたのに。

「バカだな、あんた」

ニキビ面の男が孝介にいう。

「月給五十万円って話は嘘じゃないんだから、このままここで働いちまえばいいのにさ」

孝介はなにも答えなかった。どれだけ落ちぶれようと、悪事に手を染めるつもりはない。幸せにはなりたいけれど、そのために他人を陥れるような真似は絶対にしたくなかった。

「ま、あんたの人生だから、好きにすりゃあいいけど」

ニキビ面は突き放したようにそう呟くと、

「じゃあ、そろそろいいっすか？」

周りの男たちに合図を送り、慣れた手つきで携帯電話を操作し始めた。

薄暗く埃っぽい部屋に、コール音が響き渡る。その場の全員が会話の内容を把握できるよう、スピーカーホン設定にしてあるらしい。

コール音がひとつ増すごとに、孝介の鼓動は激しくなった。早く電話に出てくれ——母にすがる思いと、お願いだから出ないでくれ——それとは相反する思いが、胸の奥で複雑にせめぎ合う。

四回めのコールで、電話は繋がった。不吉な数字に、胸騒ぎが止まらない。

「もしもし、おふくろ？　俺だけど」

ニキビ面は慣れた様子で語りかけた。台詞の合間に、軽く咳払いを入れることも忘れない。声が違うと指摘されたとき、すぐに言い訳できるよう、あらかじめ手を打っているのだろう。

だが、孝介は母のことを「おふくろ」などとは呼ばない。きっと変に思うはずだ。疑われたら、金は振り込まれない。それは即ち、孝介の破滅を意味する。全身に緊張が走った。

『……孝介かい？』

幸枝の声が耳に届く。

『どうしたんだよ、突然』

ほっと胸を撫で下ろす。どうやら、あっさり騙されてくれたようだ。

『おまえ、元気なのかい？』

「うん……それなりに……」

いかにもなにかを隠しているような口調で、ニキビ面は答えた。感心している場合ではないが、なかなかの役者ぶりだ。悩みごとがあってかけてきたのだな、と誰もが思うだろう。

『なにか困ったことでも起きたのかい？』

幸枝もまんまとひっかかった。

「実はさ、新しい会社でへまをやらかしちゃって……。損失を穴埋めするために、どうしても三百万円必要なんだ」

『三百万？』

母の心配そうな声が聞こえてくる。

これならうまくいくかもしれない。

孝介は肩の力を抜いた。母に三百万円を支払ってもらい、やくざ者たちと縁を切ることができたら、今度こそ真面目に就職活動を行ない、まっとうな人生を歩むことにしよう。何年かかるかわからないが、幸枝から借りたお金は、もちろん全額返すつもりだ。

『どうして、おまえがそんな大金を払わなくちゃならないんだよ？』

母が声を荒らげる。

「仕方ないよ。俺のミスだもん」

『一体、どんな会社に就職したんだい？　そんなところ、さっさと辞めちまったらいいじゃないか』

「無茶いうなって。そんなこと、できるはずがないだろう？　おふくろだって名前を知ってる超一流企業なんだぜ。給料もめちゃくちゃいいしさ。俺、ようやく自分に合った仕事を見つけたんだ。ものすごくやりがいを感じてるんだよ。だから、絶対に辞めたくないんだ。頼む。三百万円、どうにかならないかな？」

『無理だね』

素っ気ない母のひとことに、孝介は耳を疑った。

『あるわけないだろう、そんなお金』

ニキビ面も、まさかそのような答えが返ってくると思わなかったのだろう。初めて焦りの表情を見せる。

「待って。今、部長に代わるからさ」

そういうと、彼は素早く隣の銀縁眼鏡に携帯電話を手渡した。

「小倉君のお母様ですか？　はじめまして。私、息子さんの直属の上司で――」

『部長さん。申し訳ありませんけどね』

男の言葉をさえぎり、幸枝は一気にまくし立てた。

『あたし、その子とはとっくに縁が切れてるんです。三年前に飛び出していったきり、今日まで
ずっと音信不通だったんですからね。いまさら、頼ってこられても困っちまいますよ。自分の尻
は自分で拭うよう、伝えておいてもらえませんか？』

暗澹《あんたん》たる気持ちに押しつぶされそうになる。いったんは期待しただけに、裏切られたショック
は大きい。母の言葉がどうしても信じられなかった。

「しかし、お母さん――」

『とにかく、あたしには関係のない話ですから』

その言葉を最後に、通話は幸枝のほうから一方的に切られてしまった。耳鳴りに似た電子音だ
けが、空しくあたりに響き渡る。

社長は唇の端を曲げ、呆然とたたずむ孝介に顔を寄せた。

「たいていはこのパターンでうまくいくんだけどなあ」

哀れな人間を見下すように、彼はいつまでもにやにやと笑い続けている。

「これほどお母ちゃんに嫌われるなんて、君、よっぽどどうしようもない子供だったんだねえ」

「社長。どうしますか、こいつ？」

最後まで出番のなかったもう一人が、孝介を指差す。

「親があてにならないのなら、別の方法で金を稼いでもらうしか――」

「待ってください」

臓器を取られてはたまらない。孝介は震えながらも、大声で叫んだ。

「僕、母親のことをおふくろなんて呼びません。あの人、昔から勘の鋭いところがあって……だからたぶん、詐欺だとばれちゃったんだと思います」

「なんだよ。俺のせいだっていうのか？」

「やめないか、バカ野郎」

つかみかかろうとするニキビ面を、社長が一喝する。にやにや笑うことしかできない男だと思っていたが、ほんの少し声を荒らげただけで、その場の空気がぴんと張り詰めた。

社長は身体の向きを変え、獲物を狙うような目で、真正面から孝介を見据えた。蛇《へび》に睨まれた蛙の気持ちが初めてわかる。全身の毛穴から、イヤな汗がにじみ出した。

「なるほど。君のいうことにも一理ある。確かに、詐欺だとばれちゃったのかもしれないなあ。で、君はどうしたいんだい？」

「……今度は僕が説得します」

社長を睨み返し、きっぱりそう告げた。なんとしてもこの苦境を乗り越えなければ、という焦りももちろんある。しかしそれ以上に、母の気持ちを確かめたいという思いのほうが強かった。

「じゃあ、もう一回だけチャンスをあげるよ」

社長は腹を減らした蛇のように舌なめずりを繰り返し、心底嬉しそうな顔を見せた。

6

《ワンダフルフューチャー》の社員一同に取り囲まれた状態で、実家へ電話をかける。

自分の携帯電話を使うことにした。高校の入学祝いに買ってもらって以来、番号は変えていない。母ならきっと、息子の携帯電話の番号を覚えてくれているだろう。

今度も四回目のコールで電話は繋がった。イヤな予感が脳裏をかすめるが、ここで気持ちが負けてしまったらおしまいだ。明日の朝、港にぷかりと浮いているような事態だけは、絶対に避けねばならない。

『はい、小倉ですけど』

懐かしい声が鼓膜を震わせる。

「……母さん？」

母と会話を交わすのは、三年前に家を飛び出して以来、初めてのことだった。ひとことではい表せない複雑な感情が噴出し、次の言葉がなかなか出てこない。

「あの……僕だけど」

『また、おまえかい？　しつこいね』

冷たい台詞が鋭い凶器となって心臓を貫く。いや、待て。母は詐欺だと思っているのだ。なんとかして、自分が本当の息子であることを納得させなければ。

「母さん、聞いて。これはよくある振り込め詐欺とは違うんだ。本当に僕なんだってば」

子供の頃の思い出、父親のこと、火事のこと……孝介は母と自分しか知らないであろう事柄を、思いつくまま並べていった。これだけ話せば、いくら疑り深い母でも詐欺ではないと信じてくれただろう。その上であらためて、

「三百万円用意してくれる？」

と頼み込む。

それまで黙って孝介の話を聞いていた幸枝が、大きく息を吸い込む音が聞こえた。彼女の返答を聞き洩らさぬよう、鼓膜に全神経を集中させる。

『だから、ないってば。そんなお金』

孝介の期待とは裏腹に、あまりにも無慈悲な答えが返ってきた。鈍器で殴られたような激しい衝撃を、後頭部に受ける。

「絵があるじゃないか」

とっさにそんな言葉が口をついた。

『絵？』

「ほら、父さんの遺影の裏にしまってあるヤツだよ。ビロードのケースに入った——」

『だけど、あれは……』

贋作だということはわかっている。だが、成り金趣味の社長にばれるとは思えない。

「なんだい、絵って？」

予想したとおり、すぐさま社長が食いついてきた。

「漣涼ってご存知ですか？」

携帯電話の通話口を手のひらでふさぎ、彼に尋ねる。

「当たり前だ。こう見えて、美術品には詳しいからね」

鼻の穴をふくらませながら、社長は壁にかかった油絵を指差した。得意げな表情を浮かべるからには、それなりに高価な絵画なのだろう。確かに、筆の運びに尋常ならぬ迫力がある。

「僕の父、過去に画商をやってまして……実は漣涼の初期の作品がうちに残っているんです」

途端に、社長の目の色が変わった。

「おい、漣涼の作品といったら……」

「値打ちものなんですか？」

そう尋ねたニキビ面の頭を思いきり叩き、

「バカ野郎」

あたりに怒声をまき散らす。

「メモ帳に描き殴ったへのへのもへじでも百万単位で取引されるような、ものすごい画家なんだぞ。とくに、初期の作品は高値で売買されてるらしいから……」

ニキビ面から孝介へと、社長の視線はシフトした。

「三百万どころか五百万は下らないと思いますよ」

孝介の回答に、社長の喉仏が大きく動く。

決して嘘はついていない。〈刺青の女〉は完成度の高い作品なので、場合によっては一千万円以上の値がつく可能性も考えられる。むろん、それが本物だったらばの話だが。

実家にある絵はせいぜい二千円の値しかつかない贋作だ。だが、目の前のタヌキにそのようなことがわかるとは思えなかった。とにかく、この場はこったりで切り抜けるしかない。

「頼む、母さん。あの絵を送ってくれよ」

再び、幸枝に話しかける。彼女もあれが贋作だと知っているのだから、まさか出し惜しみなどしないだろうと思ったのだが、孝介の認識は甘かった。

『お断りだね』

吐き捨てるように、幸枝は答えた。

『いまさらあたしを頼るなんて、あまりにも勝手すぎるんじゃない？　自分でまいた種なんだから、おまえ自身が解決なさい』

「ちょっと母さん」

『もう切るよ。あたしは忙しいんだから。おまえなんかにかまってる暇はないの』

「待って――」

必死で呼び止めたが、またもや通話は彼女のほうから断ち切られてしまった。

携帯電話を持ったまま、その場に呆然と立ち尽くす。

「へっ。結局、俺のときと変わらないんでやんの」

ニキビ面の嘲笑が耳に届いた。母に裏切られた衝撃があまりにも大きすぎて、腹を立てる気にもなれない。

わかってたはずじゃないか。

愚かな自分に呆れ果て、がっくりと肩を落とす。

母さんのいうとおりだ。家を出てから三年間、電話一本よこさなかった息子に、愛想を尽かさないわけがない。

「あーあ。ついに、おふくろさんにも見捨てられちまったか」

社長に肩を叩かれる。

「可哀想《かわいそう》だとは思うよ。だけど、俺は同情ってヤツが大っ嫌いでさ。それに、こちらにも都合ってものがあるんだよねえ。申し訳ないが、そろそろ最終決断を下してもらわないと」

このまま詐欺の仲間になるか、それとも内臓を失うか、どちらか選択しろといっているらしい。冗談じゃない。どちらもイヤだ。

「今から実家に戻って、漣涼の絵を取ってきます」

社長に顔を近づけ、そう口にする。不思議と恐怖心は消えていた。あまりにも壮絶な状況に立たされすぎたため、逆に肝が据わってしまったらしい。

そのまま、社長との睨み合いが十数秒続く。最初に目をそらしたのは相手のほうだった。

「わかった。じゃあ、その絵を取ってこい」

緊迫した空気がわずかに緩んだが、

「ただし」

彼の大きな声で、あたりは再びぴりぴりとした雰囲気に包まれた。

「途中で逃げられちゃ困るから、部下についていってもらうよ。かまわないね？」

孝介は力強く頷いた。

7

電車とバスを乗り継いで、母の住む小さな借家の前までやって来る。

午後五時。西の空へと傾いた太陽が、アスファルトの上に長い影を作った。孝介の先を歩く影法師は、右に左にふらふらと揺れ、ひどく情けない姿をさらしている。

ニキビ面の男は少し離れた位置から、孝介を追いかけてきた。その気になれば逃げられたのかもしれないが、もしそんなことをして捕まったら、あとでどんな仕打ちが待ち受けているかわかったものじゃない。人生には落胆していたが、死ぬのはイヤだった。

もちろん、本物だと偽って贋作を手渡すことも、相当に危険な行為であることはわかっている。もしもばれたらただではすまない。だが、本物と信じていたと主張すれば、さすがに殺されるようなことにはならないだろう。実際、昨日まで本物だと思っていたのだから、まったくの嘘というわけでもない。

「俺はここで待ってるから、さっさと行ってこいよ」

ニキビ面は家の前で立ち止まると、電柱によりかかり、煙草を吸い始めた。外で待て、と社長に指示されたに違いない。強引に家の中まで押し入れば、万一警察沙汰になったとき、彼らの立場が危うくなるとわかっているのだ。

僕も同じくらい慎重だったら、こんなトラブルに巻き込まれることもなかったのに。

いまさらながらそんなことを考える。

「わかってると思うけど、逃げようとか、警察に連絡しようとか、妙な考えは起こすなよ」

凄《すご》みのきいた台詞を背中に浴びながら、孝介はドアノブに手をかけた。施錠されていたが、焦ることはない。合鍵の隠し場所なら覚えている。

郵便受けに右手を差し込み、昔と変わらぬ、コアラのキーホルダーがぶら下がったキーを取り出す。鍵穴に差し込むと、ドアは簡単に開いた。

忍び込むように家の中へ入り、後ろ手でドアを閉める。

「母さん？」

奥に声をかけるが返事はなかった。買い物にでも出かけているのだろうか。息子が大変な目に遭っているというのに、呑気なものだと思う一方、母と顔を合わせなくてよかったと安堵する。あそこまでひどい言葉を浴びせられて、いまさら平然と会うことなんてできやしない。

靴を脱ぎ、抜き足で廊下を進んだ。自分の家だというのに、ひどく緊張する。

懐かしい香りのする居間に、足を踏み入れた。父の遺影に手を合わせてから、その裏側へ右腕を差し込む。薔薇の刺繍が施されたビロードのケースが姿を現した。

贋作だと知って、すでに捨ててしまっていたらどうしよう？　と心配したが、どうやらそこまで短気ではなかったようだ。

ケースを開け、中身を確認しようとしたそのとき、玄関口のほうから、

「警察だ」

低い声が響いた。

全身に戦慄《せんりつ》が走る。家に入るところを、誰かに目撃されたのか？　三年以上、幸枝は一人で暮らしていたわけだから、ひさしぶりに帰って来た息子を、近所の人が泥棒だと勘違いしてもおかしくない。

続けて、家の前を慌ただしく駆け回る複数の足音が聞こえてくる。

「チクショー！　裏切りやがったな！」

ニヤビ男の甲高い声が耳に届いた。まさか彼が捕まったのか？　でも、どうして？

「もう大丈夫だよ」

背後から懐かしい声が聞こえた。振り返ると、三年前と変わらない姿の母が立っている。

「母さん……いたんだ」

ひさしぶりの再会はもっと緊張するかと思ったが、意外にすんなりと言葉が出た。

「そりゃ、いるよ。あたしのうちだもん」

母は肩を小さく上下に動かし、おどけた様子で言葉を紡いだ。

「おもての騒ぎはなに？」

「うちの周りに警察が張り込んでたんだよ。逮捕された社長さんが、こっちにおまえらが向かってるって白状したもんだからさ」

「え？　え？　どういうこと？」

孝介は頓狂《とんきょう》な声をあげた。まったく話についていけない。

「なにも心配しなくていいよ。おまえから三百万円をせしめようとした奴らは、全員捕まったからね」

「なんで？」

「なんでって……そりゃ、あたしが通報したからだよ。おまえがなんだか大変なことに巻き込まれてるってわかったから、電話の内容を録音して、警察へ持ち込んだんだ。昔、お父さんと親しかった刑事さんがいたからね。すぐに《ワンダフルフューチャー》へと直行してくれたってわけ」

　そう説明されても、やっぱりわからないことだらけだ。

「どうして、会社のことを知ってるの？」

「おまえの部屋にファックスが届いてただろう？　昨日、あれを見たから」

　当たり前のことを訊くな、とでもいいたげに、幸枝は唇の端を曲げた。

「いつ、うちへ来たんだよ？　いや、そもそもなんで僕のアパートの場所を知ってるわけ？」

「知らないはずがないだろう。あたしはおまえの母親なんだからさ」

　口をとがらせ、おどけた表情で彼女は答える。

「自分の息子がどこに住んでて、元気で暮らしているのか、悩みごとを抱えていないか、それくらい把握できなくてどうするんだい」

啞然《あぜん》とする孝介を尻目に、彼女は早口で続けた。

「大家さんに合鍵をもらって、ときどきおまえの留守中に忍び込んでは掃除とかしてたんだけど……あれ？　もしかして全然気づいてなかったのかい？　昨日だって、おまえがバイトに出かけてる最中、掃除をしてあげたんだよ。ちょうどそのとき、《ワンダフルフューチャー》って会社からファックスが届いてさ」

なるほど。冷静になって考えてみれば、ファックスがコタツの上に置いてあったのは明らかに変だ。

ときどき、部屋が綺麗に片づけられていることは知っていたが、まさか母の仕業とは考えもしなかった。つき合っていた彼女がやってくれたとばかり思っていたのだ。

「ファックスのおかげで、おまえの居場所はわかってたからさ、電話口であーだこーだとしゃべり続けるより、一刻も早く警察の人に現場を取り押さえてもらったほうがいいだろうと思ってね」

「だから、素っ気なく電話を切ったわけ？」

黙って頷く幸枝に、安堵と怒りがないまぜになったため息を吐きかける。

「やめてくれよ。こっちは生きた心地がしなかったんだから。よけいなことはしないで、素直に絵を送ってくれたほうが、どれだけよかったか」

胸に抱えたままだったケースを見やり、孝介は母を責めた。

「とんでもない。そんなものを送ったら、ふざけるなって怒鳴られるのがオチだよ。逆鱗《げきりん》に触れて、今頃おまえ、本当に殺されてたかもしれない」

「大丈夫だって。あの社長、絵にはそれほど詳しそうじゃなかったし……」

「そういうことじゃなくてさ」

母は孝介の手からケースを奪うと、苦笑しながらその中身を取り出した。

「ほら、見てごらん」

「………」

孝介は言葉を失った。幸枝が掲げたキャンバスには女性が描かれている。しかし、それは〈刺青の女〉ではなかった。

母だ。

母の右側には今は亡き父が、左側には幼い頃の孝介自身が、小さく描かれていた。幸枝を中心に、家族三人が仲良く寄り添っている。

「覚えてるかい?」

彼女の問いかけに、孝介は戸惑いながらも小さく頷いた。

それは、彼が小学生のときに描いたものだった。

8

「……なんだよ、これ？」

ようやく声が出る。

おそらく、ずいぶんと間抜けな顔をしていたに違いない。孝介の顔を見て、幸枝はぷっと噴き出した。

「なにって、覚えてないのかい？　おまえが描いた絵だよ」

「そんなことはわかってるよ。どうして、こんなものを大切にしまってたのかって訊いてるんだ」

語勢を強めながら尋ねると、彼女は赤ん坊でも見つめるような優しい瞳で、孝介の描いた絵を眺めた。

「あたしにとっては、どんな有名画家が描いた傑作よりも大切な一枚だからね」

ふと、昔の記憶が頭をもたげる。父が入院した直後だったから、たぶん小学五年生のときだろう。孝介は家族三人の絵を描き、母の日にプレゼントしたのだった。

孝介は絵がうまいね。きっと、画家になれるよ。

幸枝は嬉しそうにいった。父が病気になって以降、母は浮かない表情ばかり見せていた。そんな彼女のひさびさの笑顔。絵を描けば、母が喜ぶことを、このとき孝介は知った。だから誓ったのだ。大きくなったら画家になろう、と。

「こんな絵、なんの価値もないのに……」

孝介が鼻を鳴らして笑うと、

「そんなことないよ」

絵の表面を撫でながら、幸枝は静かにいった。

「おまえが有名になったら、一千万円払っても買えないくらい価値が上がるかもしれない」

「やめてくれよ。どうして、今になってそんなことをいうのさ？」

母を睨みつける。口調も自然ときついものになった。

「僕が画家になることに、あれほど反対したくせに」

「反対なんてしてないよ。その逆。あたしはずっと応援してたんだから」

「嘘だ」

「嘘じゃないって」

「だって……母さん、僕にいったじゃないか。画家になるなんて、おまえには無理だ。中途半端な夢なんてあきらめちまいなって」

「三年前のおまえは、ただ現実逃避をしたくて、だから無理に絵を描いている――そんなふうにしか見えなかったからね。あんな気持ちじゃ、いい絵なんて描けるはずがない。だからもう一度考え直してみろといったまでだ」

そのときの幸枝の言葉がよみがえる。

——それを描いた人はね、心の底から絵が好きで……だからそんなにも素晴らしい作品に仕上がったんだよ。

母のいうとおりだった。幼い頃の孝介は、絵を描くという行為そのものを楽しんでいた。誰かの喜ぶ顔が見たくて、筆を握っていた。それがいつの間にか、トラブル続きの現実から逃れる言い訳として、画家を目指すようになっていたのだ。

いわれなくても気づいていた。恋人が去った原因も、そのあたりにあったに違いない。

「……〈刺青の女〉はどこへ行ったのさ？」

絵の中で幸せそうに笑い合う三人を見つめながら、力なく尋ねる。ケースの中身が孝介の描いた絵だったということは、もともとそのケースに収められていた贋作はどこへ消えてしまったのだろう？

「なに寝ぼけたこといってるんだよ。そんなもの、とっくに売っちまったさ」

半ば呆れ顔で、幸枝は答えた。

「……え？」

「お父さんは商売っけのない人だったからね。漣涼の研究家があの絵を探し回ってるって聞いて、破格の値段で譲っちゃったんだよ」

愕然とせずにはいられなかった。

「それ、いつの話だよ？」

「お父さんがまだ元気だった頃だから……十五年くらい前かねえ」

「あり得ないよ。だって昨日、前畠教授にあの絵を見せてたじゃないか」

唾を飛ばしながら、大声で叫ぶ。母がなぜそんな嘘をつくのか、孝介には理解できなかった。

「あれ？　なんで、そのことを知ってるんだい？」

「美術館のロビーで、たまたま見かけたんだよ。母さんが差し出した絵を見て、教授が話してたじゃないか。『タトゥの出来には、目を見張るものがありますから、売ればたぶん二千円くらいにはなると思います』って」

「タトゥじゃないよ、タトウ」

幸枝はくすくす笑いながら答えた。

「タトウ？」

「やれやれ。画家を目指してるくせに、そんなことも知らないのかい？　これのことだよ」

ビロードのケースを手に取り、彼女はいった。

「畳の箱と書いてタトウ箱。絵画や額縁を保管するケースのことだよ。ほら、着物をしまうときに使う和紙を、タトウ紙っていうだろう？　あれと同じ。といっても、おまえのことだから、タトウ紙も知らないか」

首をすくめながら、母はケース――タトウ箱に視線を落とした。

「これ、表面にビロードが貼ってあるし、刺繍も丁寧だからさ、二千円くらいの価値はあるんじゃないかって」

「僕の単なる聞き間違い？　いや、だけどあの人、絵を眺めて、『確かに、そっくりだ――よく描けていると思います』ともいっていたよ」

贋作じゃなかったのなら、一体なにに似ていたというのだ？

「あたしにそっくりだ、と先生はいったんだよ」

中央に描かれた母の絵を指差し、彼女は相好を崩した。

「本当、よく描けてるよ」

「…………」

「おまえが行き詰まってることは知ってたからさ、なんとかして突破口を開いてやれないものかと、ダメもとで先生に相談してみたんだ。そしたら、おまえの描いた作品を持ってきてほしいっていわれて……」

「それで、その絵を持っていったの？」

「だっておまえ、これまでの絵をすべて焼いちまっただろう？　これしかなかったんだよ」

「だからってさ……」

孝介は口をとがらせた。

「子供のときに描いた落書きを専門家に見せ、なんとかなりませんか？　って尋ねるなんて、親バカにもほどがあるよ」

母の傍若無人な態度に、ここは呆れ返らなければならない。そうは思うのだが、なぜか胸が詰まった。

「……うちが焼けたときだってそうだ。あんた、僕の落書きを守るために、火の中へ飛び込んでいったのかい?」

その声は震えていた。

「だって、おまえが描いた家族三人の絵って、あれ一枚きりだったろう?」

「煙にまかれて、死んでたかもしれないんだぞ。バッカじゃねえの?」

鼻の奥がつんと痛くなる。

「ああ、バカだよ。子供のためにバカになれない母親がいるなら、ぜひお目にかかりたいもんだね」

「……本当にバカじゃん。大バカじゃん」

孝介の描いた絵とタトウ箱が、畳の上で親子のように寄り添っている。

涙をこらえ、タトウ箱の表面をそっと撫でてみた。中に収めるものが一千万円を超える名画であろうと、一文の価値もない子供の落書きであろうと、そんなことはタトウには関係ないのだろう。絵は繊細だ。だから、細かい傷がつかぬよう、湿気で変色しないよう、タトウは必死で絵画を守り続ける。子を思う母親のように。

「とにかく——おまえが無事でよかった」

幸枝がにっこりと微笑む。

「ごめんよ。最初は、今はやりの振り込め詐欺だと思って、適当にあしらっちゃってさ。不安だったろう?」

「やっぱり詐欺だと思ってたんだ。でも、どうしてわかったの? 母さんのことをおふくろって呼んだから？」

「それもあるけど、一番の理由は、おまえが一流企業に勤めて満足している、なんてあり得ないことをいい出すからさ。あたしはずっとおまえのことを見てきたんだよ。おまえがなによりも絵画を愛してるってことは、あたしが一番よく知ってる。ほかになんの取り柄もないおまえが、画家になる夢をあきらめきれるはずがないだろう？」

「バッカじゃねえの」

孝介は同じ台詞を繰り返し、幸枝に背中を向けた。天井を仰ぎ、しょっぱい液体を飲み込む。

「ホント……バッカじゃねえの」

それ以上は言葉にならなかった。

我が家の序列

1

駅のコンコースに設置された大時計を見上げ、魂までもが抜け落ちてしまいそうになるほどのため息をつく。

午後七時四十分。パチンコ屋で三万円を無駄にしたあと、喫茶店を三軒はしごし、さらに書店でめぼしい週刊誌をすべて立ち読みしたというのに、まだこんな時間だ。恐ろしいほどに、一日が長く感じられる。

衣笠俊輔《きぬがさしゅんすけ》は、先ほどよりもさらに長く深い吐息を漏らした。でっぷり突き出た腹を見下ろし、ますます落ち込む。また少し太ったかもしれない。ほとんど動いていないのだから当然といえば当然だ。

忙しい、忙しいと口癖のように繰り返し、慌ただしく仕事に追われていた数週間前を懐かしく思い返す。一ヵ月ほど休暇をとり、なにもせずにぐうたら過ごすことができたらどんなに幸せだろうか、と夢想した時期もあったが、今思えばとんでもない話だ。退屈ほど苦痛なものはない。

のろのろ歩いているうちに、次の電車が到着したらしい。大勢の通勤客が、慌ただしく彼の脇を通り過ぎていった。早送りの映像の中に、自分一人だけが普通再生のまま取り残されてしまったような、なんともやりきれない錯覚を覚える。

「衣笠さん、お疲れさまです」

不意に声をかけられた。顔を上げると、どことなく見覚えのある体格のいい男が、爽やかな笑顔で立っている。

「今日はずいぶんとお早いんですね」

「え、ええ……」

愛想笑いを返す。嫌みをいわれたような気がして、心がささくれだった。もちろん、彼にそんな気はなかったに違いない。それはわかっている。だが、今はどんなことでも、悪いほう、悪いほうへと考えを巡らせてしまうのだ。

「再来週の日曜日、行かれます？」

改札を通り抜けながら、男が尋ねた。

「……え？」

彼を追いかけ、俊輔も改札口を出る。本当はもう少し、駅構内で時間をつぶしていたかったが、顔見知りに出会う可能性があるとわかった以上、あまりうろうろしてもいられない。妙な噂を立てられては困る。俊輔は腹を据え、そのまままっすぐ自宅へ帰ることを決めた。

「……再来週の日曜日って？」

「あれ？　お忘れですか？　昨年甲子園《こうしえん》に出場した強豪K高との練習試合ですよ。三年生になって、うちの息子も衣笠さんところの雄大《ゆうだい》君もついにレギュラーでしょ？　息子以上に僕のほうが緊張しちゃって……」

男は饒舌《じょうぜつ》にしゃべりながら、無邪気な視線を俊輔に向けた。その会話でようやく、彼が隣人の佐伯琢磨《さえきたくま》であることを思い出す。

「さすがだなあ。僕と違って、衣笠さんはずいぶんと落ち着いてらっしゃる。雄大君、先発ピッチャーに抜擢《ばってき》されたんでしょう？　僕なら心配で眠れませんよ」

俊輔は愛想笑いでごまかし、足どりを速めた。なにかしゃべったらボロが出そうだ。日曜日の練習試合のことはもちろん、息子が野球部に所属していることすら、彼は知らなかった。

「息子のためにキャッチボールくらいつき合ってやりたいんですけど、仕事が忙しくてなかなか。おまけに今夜から海外へ出張でして……。今から荷造りして、すぐに出発ですよ」

うんざりした面持ちで佐伯はいう。贅沢《ぜいたく》なことをいってやがる、と俊輔は心の中で毒づいた。

「あ、まいったなあ」

佐伯の舌打ちが耳に届く。その視線を追い、駅の外へと目を向けた。いつの間に降り出したのか、大粒の雨がアスファルトを黒く染めている。

「さっきまで、あんなに星がきれいだったのに……」

誰も雨が降るとは思わなかったのだろう、駅の入口は、突然の悪天候に戸惑う人たちでごった返していた。タクシー乗り場には、すでに長い行列ができあがっている。

自宅までは徒歩五分。普段ならなんてことのない距離だが、さすがにこれだけ雨が降っていると、傘もささずに歩くのは困難だ。

「どうします？」

佐伯の問いに、俊輔は空を仰いだ。雲はかなり分厚い。このまましばらく待ったところで、雨がやむことはないだろう。どうすべきか逡巡《しゅんじゅん》していると、

「父さん、お帰り」

にきび面の少年が近づいてきて、佐伯に傘を手渡した。

「ありがとう。迎えにきてくれたのか」

傘を受け取り、佐伯はにこやかに笑う。

「もうすぐオレの誕生日だからさ」

「なんだ、ポイント稼ぎか。……おまえ、野球部の練習はいいのか？」

「今日はオフ。ただ、がむしゃらに頑張ればいいってもんじゃないの。一流のアスリートには定期的な休息も必要なんだから」

「誰が一流だ、誰が」

息子と共に駅を離れようとした佐伯は、そこでようやく俊輔の存在を思い出したのか、困った表情で振り返った。

「あの……」

「ああ、私なら大丈夫。今から妻を呼びますから」

携帯電話を手に取り、俊輔は答えた。

「でも、これから電話をかけるってことは、まだ待たなくちゃいけないでしょ？　この傘を使っ

てください。僕は息子の傘に入っていきますので」

俊輔はかぶりを振った。

「お気遣いなく。もうすぐ大切な試合でしょう？　雨に濡れて肩を冷やしたら大変だ」

「そうですか……それでは」

佐伯は小さく会釈《えしゃく》をすると、息子となにやら楽しそうに語り合いながら、俊輔の前を去っていった。彼らの後ろ姿を見つめるうちに、なぜか胸の奥がきりきりと痛み始める。

左胸をさすりながら、自宅に電話をかけた。五回目のコールで留守番電話に切り替わる。感情のこもらぬ女性のアナウンスが耳に届いた。バカにされているような気がして、俊輔はすぐさま電話を切る。もう一度かけてみたが結果は変わらなかった。買い物にでも出かけているのだろうか？

気がつくと、駅の前で雨宿りしている人間は彼一人になっていた。タクシーに並ぶ行列も一気になくなり、次の電車が着くまでは、あたりには誰の姿も見当たらない。自分だけがこの世界に取り残されてしまったかのような不安感にとらわれ、俊輔は思わず駆け出していた。駅前にたった一人たたずむ光景は、リストラで職を失い、世間からはみ出してしまった自分を、ますます憂《ゆう》鬱《うつ》にさせそうで恐ろしかった。

「あ……」

九十キロ間近の肥満体型。しかも、最近はほとんど身体を動かしていない。それなのに、全速力で走ったのがいけなかった。最初の交差点を曲がったところで、右足を滑らせる。こけるまいと踏ん張ったことで、腰によけいな力がかかったようだ。持病のヘルニアが牙《きば》をむいて襲いかかる。ナイフを突き刺したような鋭い痛みが全身を貫いた。

あまりの激痛に力が抜け、右手に持っていた鞄をうっかり落としてしまった。運悪く、鞄の落ちた場所は水たまりの上。安物なので、驚くほどのハイスピードで水を吸収していく。

「いけない――」

鞄の中には、ハローワークでコピーした求人案内の書類一式が入っている。濡らすわけにはいかなかった。

慌てて鞄を拾い上げようとした俊輔のそばを、大型のトラックが猛スピードで駆け抜けていく。彼の姿に気づかなかったのか、思いきりしぶきを撥《は》ね上げた。たちまち、俊輔はずぶ濡れになる。ジャケットもスラックスも、すっかり色が変わってしまった。絞れば、大量の雨水が出てくるに違いない。

腰の痛みに耐えながら、俊輔は拾い上げた鞄の中身を確認した。大切な書類は雨に濡れ、今にも破れてしまいそうだ。

書類をあきらめ、力なく立ち上がる。腰痛はいっこうに治まらない。しびれる脚を引きずりながら、俊輔は自宅とは逆の方向に歩を進めた。このような無様な姿を、近所の人に見られるわけにはいかない。

みじめな濡れネズミになりながら、公園の前を通りかかる。子供の忘れものだろうか、砂場にはディズニーキャラクターの描かれたバケツとシャベルが放り出されたままになっていた。砂場の中央に造られた城は、雨に打たれて右半分が崩れ落ちている。あと数分も経てば、たぶん跡形もなくなってしまうだろう。

俺も消えてしまうことができたらなあ。

今朝から繰り返し抱いてきた思いが、再び頭をもたげる。雨に溶けてしまえれば、この寒さからも腰の痛みからもみじめったらしい今の気分からも解放されるに違いない。

公園の裏手には踏切がある。カン、カンと警報器が鳴り響いた。

このまま消えてしまおうか？

公園を横切り、踏切に向かって歩き始める。ちょうど遮断機が下りたところだった。

警報に合わせて点滅する赤い光は、まるで暖炉に灯《とも》る炎のようだった。とても暖かそうに見える。俊輔はその誘惑に負け、夢遊病者のようにふらふらと歩いて、遮断機をくぐり抜けようとした。

と、そのときだ。

どこからか獣《けもの》の咆哮《ほうこう》が聞こえた。我に返って振り返ると、見るからに貧相な犬が、街灯に照らされ、たたずんでいた。全身ずぶ濡れになりながらも、公園前の路地から離れようとしない。赤茶けた短毛と背中に向かってくるんと巻き上がった尻尾《しっぽ》は柴犬に似ていたが、折れ曲がった耳と狸《たぬき》に似た顔は、日本犬の凜々《りり》しさからはかけ離れていた。

「なんだ、脅かすなよ」

そうひとりごち、再び線路に向き直ろうとすると、狸顔の犬はもう一度——今度は間違いなく俊輔に向かって吠え立てた。

一定の距離を保ったまま、それ以上は近づいてこない。しかし、じっと俊輔を見つめ続ける。彼のことを意識しているのは明らかだった。

首輪はしていないが、なにやらペンダントのようなものをぶら下げている。どうやら飼い犬らしい。どこからか逃げ出してきたのだろうか。

「早く家に帰れよ。家族が心配してるぞ」

俊輔がそう口にすると、犬は太い尻尾を左右に揺らした。

「こんなところにいつまでもいたら風邪ひいちまうってば」

情けない風貌《ふうぼう》に似合わぬ勇ましい声で、また吠える。風邪をひきそうなのはあんただろ？　とでもいっているようだ。

背中に風圧を感じる。踏切を見やると、ちょうど特急電車が通過していくところだった。

「あーあ。消え損ねちまった」

唇をとがらせ、犬を睨みつける。

「おまえのせいだぞ」

その言葉の意味がわかっているのかいないのか、犬は先ほどよりもさらに大きく尻尾を振った。

四月の半ばといえども、まだまだ寒い日が続く。冷たい風が全身を貫いていった。寒さに身を縮めながら、公園まで戻る。犬はずいぶんと人なつこく、人工衛星のように俊輔の周りで楕円軌《だえん》道を描き続けた。

ベンチ横の自動販売機が視界に入る。最下段中央には俊輔が好んで飲む本格焙煎《ばいせん》のブラックコーヒーがディスプレイされていた。今日はまだ一本も飲んでいなかったことを思い出し、財布から小銭を取り出す。

まずはコーヒーで冷えた身体を暖め、さらに煙草で心を落ち着けて、それから今後のことをもう一度じっくり考えてみよう。そう思い、小銭を投入する。と、今まで俊輔の周りをぐるぐる回っていた犬が、突然前足を持ち上げて、自動販売機に飛びかかった。

「あ、こら」

止めようとしたときにはすでに遅く、犬はボタンを押してしまっていた。受け取り口に顔を突っ込む犬を押し退《の》け、缶を取り出す。驚いたことに、それは俊輔が買おうとしていたブラックコーヒーだった。

「……どうして、俺のほしい飲み物がわかったんだ？」

首をひねり、犬を見やる。ずぶ濡れの犬は、俊輔の質問には答えず、ただ尻尾を振るばかりだった。

2

さて、困った。

立ち止まり、後ろを振り返る。ずぶ濡れの犬は、俊輔の数メートル後ろで、相変わらず無邪気に尻尾を振り続けていた。俊輔が走ると、同じスピードで駆けてくる。止まれば、犬もぴたりと停止した。これではまるでストーカーだ。

だが、困惑はしたものの、決して不愉快な気分ではなかった。むしろその逆で、先ほどまでのささくれた思いがどこかへ消えてしまったようだ。まるで、その部分だけが雨に流されたみたいだった。

とはいえ、このまま犬を家に連れていくわけにもいかない。どうにかしなければと思い、交差点を右に曲がったところで、素早くポストの陰に隠れた。俊輔の姿が突然消え失せたことに、犬はしばらく戸惑っていたが、やがてあきらめたのか、ポストの前を通り過ぎて姿を消した。

ほっと胸を撫で下ろし、再び歩き始める。だが、安心したのはほんの一瞬だけ。犬は自宅前に座り込んで、俊輔が帰ってくるのを待ちかまえていた。

「どうして、俺の家がわかったんだ？」

彼の質問には答えず、つぶらな瞳をせわしなく動かす。

「悪いけど、ここでお別れだ」

ドアに手をかけ、俊輔はいった。なんのことだかわかんない、とでもいわんばかりに、犬は小さく首をかしげる。

「おまえも早く帰れよ。じゃあな」

その言葉を最後にするつもりだった。素早くドアを開けて中に入れば、それでおしまいだ。だ

が、

「……あれ？」

ドアが開かない。

「おい、どうなってるんだ？」

力まかせにノブをひねるが、施錠されているのか、ドアはびくともしなかった。呼び鈴を鳴らしても応答は皆無。ドアを叩いても、家の中から返事はない。

どういうことだ？

腕時計を確認する。午後八時半。買い物に出かけたにしては、帰ってくるのが少々遅すぎる。近所の誰かと立ち話でもしているのだろうか？

いや、待て。綾乃《あやの》はどうした？

今年社会人になった一人娘の門限は、午後八時と決めてあった。当然、この時間は自宅にいなければならない。息子の雄大だって、野球部の練習が中止になったのなら、もう家にいてもいいはずだ。

もしかして、家族全員でどこかへ出かけたのだろうか？　あり得ない話ではない。俊輔の帰宅時刻が午後十一時より早かったことなど、たぶんこれまで一度もなかった。雄大が盲腸で入院したときでさえ、いつもと同じように残業していたくらいなのだ。十一時までは帰ってこないと思い、外食でもしているのかもしれない。

一家の主《あるじ》がリストラに遭ったというのに、なんとも気楽な奴らだな。

楽しく食事する妻子を想像すると、無性に腹立たしくなったが、彼女たちは俊輔がリストラされたことを知らないのだから仕方がないともいえる。

彼はがっくりと肩を落とした。合鍵は持っていない。どれだけ帰りが遅くなろうと、妻は必ず起きて待っていてくれたからだ。このような事態は初めてだった。

風がいっそう強まる。家に入れないとわかった途端、公園で飲んだ缶コーヒーの効力が切れてしまったらしい。ひどく寒い。両腕をさすったくらいでは、濡れた身体は暖まらなかった。近くの喫茶店で時間をつぶすことも考えたが、こんなときに限って、財布の中には小銭しか残っていない。パチンコなどするんじゃなかったと悔やんでもあとの祭りだ。

しばらくは煙草を吸ってしのいだが、それも長くは続かなかった。空箱を眺め、絶望の吐息を漏らす。

全身から力が抜け落ちていった。ドアの前に座り込み、膝を抱え込む。庭の植木が死角を作ってくれるおかげで、途方《とほう》にくれる彼の姿が道行く人に見られることはなかった。

数メートル離れた位置から、犬はじっと俊輔を見つめている。

「そんなところにいたら、ますます濡れちまうぞ。こっちへ来い」

手招きすると、犬は嬉しそうに飛び跳ねながら、俊輔のもとまで駆けてきた。くぅんと甘えた声を発し、差し出した右手を長い舌でなめる。くすぐったくて、思わず笑みが漏れた。

とくにすることもないし、この先のことを考えるとますます鬱になりそうだったので、頭の中を空っぽにして犬を観察する。犬はときおり動きを止め、上目遣いで俊輔を見た。機嫌をうかがっているのだろうか？

「ダメだ。家の中には入れてやらないからな」

俊輔がそう口にすると、犬は再び熱心に彼の手をなめ始めた。

「けなげな奴だな」

必死で手をなめるその姿が、出世のためならと上司や得意先の人間に媚《こ》びへつらってきた自分の姿と重なり合う。目の前の犬が急に愛おしく思えてきて、優しく頭を撫でてやった。よほど嬉しかったのか、丸い瞳が右へ左へと忙《せわ》しく揺れた。

どれくらいそうしていただろうか。犬の体温に助けられ、少しうとうとしていたかもしれない。

「……お父さん！」

甲高い声に顔を上げると、娘の綾乃が傘をさしたまま、唖然とした表情で立ち尽くしていた。傘の柄の部分には《A．K．》と彼女のイニシャルが彫り込んである。

「おまえ、門限は八時のはず――」

大声で怒鳴りつけるつもりが、腹に力が入らない。声もひどくかすれていた。長時間雨に打たれたせいで、風邪をひいてしまったかもしれない。

俊輔の代わりに、犬が吠えた。

その勢いだ。もっと叱りつけてやれ。

犬を応援するが、しかしその丸顔に威厳はまるで感じられない。おまけに尻尾まで振っている。

「どうしたの？　この犬」

綾乃は傘を閉じると、服が汚れてしまうことをまったく気にする様子もなく、犬を抱えあげた。犬のほうもまるで抵抗しない。されるがまま、綾乃の胸に顔を埋める。

「俺にくっついてきた」

喉に絡みつくタンを取り除こうと、咳払いを繰り返しながら俊輔は答えた。

「あれ？　お父さんって犬嫌いじゃなかったっけ？」

「べつに嫌いじゃないさ。子供の頃、バカでかい秋田犬を飼ってたこともあったしな」

「だけど、あたしが小学生のときに拾ってきた子犬を、むきになって追い出したじゃん」

つまらないことを覚えてやがる、と心の中で吐き捨てる。

もう十年以上も前の話だ。いつもより早めに仕事から帰ってくると、リビングの隅に薄汚れた段ボール箱が置かれていた。中を覗き込み、俊輔は露骨に眉をひそめた。子犬が一匹。あまりにもやせ細っていたため、それは犬というよりもネズミに見えた。

なんだ、これは？

俊輔は声を荒らげた。

綾乃が拾ってきたの。学校の裏山に捨てられてたんだって。

妻の佳代子《かよこ》が答える。

ねえ、お父さん。この子、ちっともミルクを飲んでくれないの。どうすればいい？

目を潤ませながらそう口にした幼い娘に、俊輔は今すぐ捨ててこい、と冷酷な言葉を吐き捨てた。

犬が嫌いだったからではない。段ボール箱の中でうごめくその姿は、ひどく弱々しく、この先無事に生きられるとは到底思えなかったのだ。哀れな最期を娘に見せ、無駄に悲しませたくはなかった。

早く捨ててこい。

俊輔の言葉に、綾乃は激しくかぶりを振った。彼女がそこまで反抗するのは初めてだったので、俊輔も少々驚いたことを覚えている。

おまえが捨てにいかないなら、俺が捨ててくる。

俊輔は犬の首根っこをつかむと、泣き叫びながらしがみつこうとする綾乃を押し退け、学校の裏山へと向かった。

家へ戻ってくると、妻がなだめてくれたのか、すでに綾乃は泣きやんでいた。彼女は父に罵声《ばせい》を浴びせることも、睨みつけることもなく、目を合わせずに自分の部屋へと逃げていった。

彼女との間に大きな溝ができたのは、そのときからだったかもしれない。声をかければ返事はするものの、決して必要以上のことは話さない。俊輔も仕事に明け暮れ、家族と顔を合わせる時間などほとんどなかったから、そんな関係をとくに気に病むこともなく、歳月は流れていった。

「ねえ。この犬、飼おうよ」

綾乃の言葉で回想から引き戻される。

「……え？」

「犬を飼おうっていってるの。ダメ？」

「いや、べつに俺はかまわないけど……」

彼女の申し出を素直に受け入れてしまったのは、十数年前の自分の行ないを悔いたからなのか、それは俊輔自身にもよくわからなかった。ただ、息子と楽しそうに会話を交わす隣人の姿が、一瞬脳裏を過《よ》ぎったのは事実だ。

「でも、母さんがなんていうかな？」

「大丈夫。お母さんなら、あたしが説得してみせるから」

綾乃はデニムのポケットからキーホルダーを取り出すと、ドアを解錠し、玄関先の明かりをつけた。

「雨に濡れて寒かったでしょ？　すぐに暖めてあげるからね」

娘の優しいひとことに、一瞬身体が硬直したが、すぐに自分にかけられた言葉ではないと悟る。彼女の台詞は胸の中で心地よい寝息をたて始めた犬に向けられたものだった。

玄関脇には縦一列に靴をしまうことのできるシューズラックが置いてある。綾乃は上から二段目の位置にスニーカーを入れ、家の中へと上がった。

オレンジ色の照明が彼女の顔を照らす。少し、まぶたが腫れぼったい。目も充血しているようだ。

「おい、綾乃」

犬を抱えたまま、浴室に向かおうとする彼女を呼び止める。

「おまえ、泣いてたのか？」

肩のあたりがぴくりと震えるのがわかった。

「……綾乃？」

彼女は父親の呼び止める声を無視して、廊下をひた歩く。聞こえていないはずはない。

「おい、待て」

俊輔は靴を脱ぎ捨てると、綾乃の肩を強くつかんだ。

「おまえ、こんな時間までなにをしていたんだ？」

そんなつもりはなかったのだが、つい責めるような口調になってしまった。

「こんな時間って……まだ九時前じゃん」

口をとがらせ、彼女は答える。

「門限は八時だったはずだぞ」

「バカみたい。中学生じゃあるまいし」

「父親に向かってバカとはなんだ？」

手をあげたくなるのをぐっとこらえ、俊輔は怒鳴った。

「ああ、もううるさい」

綾乃は心底うんざりした様子で、神経質そうに頭を振った。

「珍しく早く帰ってきたと思ったら、いきなり父親面？　やめてよね。いつも放ったらかしのくせして」

「おまえが俺の質問に答えないからだろう？　どこへ行ってたんだ？」

「仕事。残業だったの。なに？　門限までに帰してくれないような会社は辞めちまえとでもいうつもり？　そんなわけないよね。いつも仕事、仕事で、家のことは全部お母さんに任せきりのお父さんが口にできる台詞じゃないもん」

「嘘をつくな」

振り返り、玄関口を指差して、俊輔は声を荒らげた。

「会社帰りなら、どうして傘を持ってる？　今朝の時点で、この雨を予想できたはずがないだろう？」

娘は一瞬、返答に詰まった。

「……置き傘を借りてきたの」

「いや、それはない。柄の部分におまえのイニシャルが彫ってあったぞ」

「…………」

「一度帰ってきたんだろう？　それからどこへ行った？　どうして嘘をつく？　なんで泣いてたんだ？」

「お父さん、口くさいよ」

「……え？」

綾乃の予期せぬひとことに、俊輔は次の言葉を飲み込んでしまった。

「煙草の吸いすぎじゃない？　お父さんの仕事って営業でしょ？　よくお客さんにイヤな顔されないね」

かっと顔が熱くなる。娘からの「口くさいよ」のひとことは、あまりにも強烈すぎるボディーブローで、それ以上なにもいえなくなってしまった。

「……母さんはどうした？」

口もとを気にしながら、慌てて話題を変える。

「知らない。買い物じゃないの？」

「雄大は？」

「知らないってば」

綾乃は不機嫌そうに語調を強めた。

「おまえ、家族のことなのに、なんにも知らないんだな」

「そう。お父さんと一緒」

嫌みと共に俊輔をひと睨みすると、

「ボンド、行こ」

娘は犬の頭を撫でながら、再び浴室へと歩き始めた。

「なんだよ、ボンドって？」

ぶっきらぼうに尋ねる。

「この犬の名前」

振り返ろうともせず、綾乃は答えた。

「名札でもついてたか？」

「そうじゃないけど……ほら。この子、目つきが鋭くって、なんだかスパイみたいじゃん。だからボンド」

「鋭いか？　俺には真ん丸で狸みたいに見えるけど」

「スパイのなんたるかがわかってないなあ。ま、説明するつもりもないけど」

呆れた面持ちでそれだけいうと、彼女はそそくさと浴室に消えてしまった。

「犬だけじゃなく、俺もずぶ濡れなんだけどな……」

そう呟き、濡れた上着を脱ぎ捨てる。

「犬っころが優先で、一家の主は放ったらかしか」

愚痴をこぼしながら、家に上がった。シューズラックの最下段に靴を入れようとして思いとどまる。最上段には妻のサンダルが入っていたが、それをどけて、自分の靴を押し込んでやった。

「俺が主だ」

それで少しは気分が晴れるかと思ったが、ただ空《むな》しさが全身に貼りついただけだった。

3

アタリメを肴《さかな》に芋焼酎のお湯割りを飲んでいると、ようやく佳代子が帰ってきた。トレーナーにスウェットパンツというラフな出で立ち。そんな格好で、一体どこへ出かけていたのだろう?

「あら、珍しい」

俊輔の顔を見るなり、彼女は大きく目を見開いた。

「どうしたの? こんなに早く」

「ちっとも早くない。もう九時半だ」

苛立ちを押し隠そうともせず、俊輔はいった。

「こんな時間までどこへ行ってたんだ?」

「ちょっといろいろと……主婦はなにかと忙しくって」

濡れた髪を拭いながら佳代子は答えた。なぜか、俊輔と視線を合わせようとしない。そのことがいっそう、彼を苛立たせた。

「綾乃の奴、九時近くに帰ってきたぞ」

「あら、そう。今日は残業だっていってたから」

「いろいろと厄介な年頃なんだ。もう少し、しっかりと綾乃を管理してもらわないと……」

「はい、すみませんね。以後、気をつけます」

居間に散らかった雑誌を片づけながら、佳代子は謝ったが、明らかに心がこもっていない。おそらく、俊輔の言葉など右から左に流れているだけなのだろう。

「部屋の掃除くらい、昼間のうちにやっておかないか。それより、飯だ、飯」

「え? あなた、食べてこなかったの?」

「ああ……今日は予定よりも早く仕事が終わったからな。たまには家で食事をしようと思って……」

口からでまかせをいう。

「悪いけどなんにもないわよ。今日は買い物に行ってないから」

あっけらかんと佳代子は答えた。

「でも、おまえらだってまだ食べてないんだろう？」

「だから、今夜はピザでも頼もうかなと思って」

「ピザぁ？」

声が裏返る。

「部屋も片づいてない。買い物にも行ってない。おまえ一体、今日一日なにをやってたんだ？」

食卓を叩き、大声で怒鳴った。

「ちょっと、やめてよ。近所に聞こえるじゃない」

「正直に答えろ。なにをしていた？」

気まずそうに佳代子はうつむく。波風の立たぬ回答を考えているのは、火を見るよりも明らかだった。

「俺にいえないようなことなのか？」

まさか浮気？　全身が激しく脈打つ。

いや、佳代子に限ってそれはない。いくらお洒落《しゃれ》に無頓着《むとんちゃく》な女性だとはいえ、トレーナーにスウェットパンツ姿で情事に及んだりはしないだろう。それとも、そんな格好をすることで、周囲の目を欺《あざむ》こうとしているのか？

「正直に答えろ！」

俊輔は自分でも驚くほどの怒声を張りあげていた。周囲の空気がぴりぴりと震える。妻との間に、気まずい沈黙が流れた。

「恥ずかしいなあ。外まで丸聞こえだよ」

帰宅した雄大が、眉をひそめながら現れる。

「ひさしぶりに顔を合わせたと思ったらこれだ。いやんなっちゃうなあ」

息子の生意気な言葉を聞いて、かっと頭に血が上った。

「雄大。早く着替えてらっしゃい」

火に油が注がれることを恐れたのだろう。佳代子が雄大をたしなめる。そんな彼女の冷静さに、さらに腹が立った。

「雄大。こっちへ来い」

「ええ？　なに？」

面倒くさそうに頰をかき、息子はふてくされた態度を見せた。

「こんな時間までなにをしていた？」

「……部活だよ」

「野球部の練習は雨で中止になったと、お隣さんに聞いたけどな」

「あ……」

雄大は首をすくめ、おどけた様子で舌を出す。

「なんだ、おまえたち？　そろいもそろって……」

怒りを通り越して、泣きたい気分だった。

「しっかりしてくれよ。誰もかれもが隠しごとか？　これじゃあ家族――」

そこまでしゃべり、続く言葉を呑み込む。

――家族全員、バラバラじゃないか。

どの口がそんなことをいえるのだ？

これまで、まったく家庭を顧みなかったのは俺だ。しかもいまだに、リストラされたことを隠し続けている。

「あ、こら」

浴室のほうから綾乃の叫び声が聞こえた。続けて、廊下を軽やかに走る足音が耳に届く。ドライヤーまでかけてもらい、こざっぱりした犬――ボンドが折れ曲がった耳をぴくぴくと動かしながら、ダイニングへ飛び込んできた。長い舌を垂らし、目を輝かせながら俊輔たちを見上げている。

「ねえ、お母さん。この犬、飼ってもいいでしょう？」

早口で綾乃はそうまくし立てた。

「お父さんは、お母さんが許してくれるならいいって」

「え？　そうなの？」

意外だとでもいいたいのか、佳代子が驚いた顔を俊輔に向ける。

「ただし、面倒をみるのはおまえらだぞ。俺はなにもするつもりはないからな」

俊輔はぶっきらぼうに答えた。

器用に前脚を動かして、ボンドが首のあたりを掻く。ぶら下げたペンダントが音を立てて揺れた。よく見ると、四つ葉をかたどったトップ部分は、開けて中に写真などが入れられる構造になっているようだ。

もしかしたら迷子になったときの対策として、飼い主の連絡先を記したメモでも入っているかもしれないと思い、ペンダントに手を伸ばす。

「あ、お父さん。やめたほうがいいよ」

素早くボンドを抱き上げ、綾乃はいった。

「この子、首のあたりをさわられるのが苦手みたい。さっき、お風呂の中でさわったら牙をむき出しにして吠えられちゃったから」

慌てて手を引っ込める。同時に、腹がぐうと鳴った。

「あら、こっちでもなにやら吠えてるみたい」

佳代子が笑う。

「ピザでもなんでもいいから早く飯にしろ。俺は空腹で死にそうなんだ」

結局、その日の夕食は午後十時のスタートとなった。家族全員がそろって食卓につくのはひさしぶりのことだ。なにをしゃべっていいかわからず、俊輔は仏頂面《ぶっちょうづら》のままピザを頬張り、酒を飲んだ。なぜか緊張してしまい、焼酎とピザの取り合わせが美味《うま》いか否かも判断できない。

なにかしゃべらなくては。

そう思うものの、言葉が出てこない。ひさしぶりの団欒《だんらん》だ。このまま黙り込んでいたら、ますますこの家族はダメになってしまうような気がした。だが、愚痴や小言ならいくらでも出てくるのに、それ以外の言葉となるとなにひとつ思いつかない。

綾乃。仕事には慣れたか？

雄大。野球、頑張ってるそうじゃないか。

どんな台詞も白々しく聞こえそうで、口に出すのがためらわれた。

どうにも間がもたず、無意識のうちに煙草に手が伸びる。

「ちょっとやめてよ。信じらんない。うちの中では吸わないでくれる？」

ものすごい剣幕で綾乃に怒鳴られた。まったく、家に帰ってきてもろくなことがない。

強い視線を感じて、足もとに目を向ける。ひと足先に食事を終えたボンドが、じっと俊輔のほうを見つめていた。

ねえ。後ろめたい気持ちがあるから、みんなとうまくしゃべれないんじゃないの？

まるで、そう告げているかのようだ。

そろそろ本当のことを話しちゃったほうがいいんじゃない？

そのとおりかもしれない。どうせ、いつかは打ち明けなければならないのだ。正直に話してしまえば、明日からは無理に時間をつぶす必要もなくなる。なにもかもぶちまけて楽になるなら、家族全員がそろっている今がチャンスだろう。

俊輔は力強く頷き、酒の入ったグラスを置いた。

「みんなに話がある」

黙々とピザを食べていた全員の動きが止まる。咳払いをひとつして、彼は先を続けた。

「お父さん、会社を辞めた」

三人の反応は様々だった。佳代子は驚き、綾乃は眉をひそめ、雄大は無表情のままである。

なにかいおうと口を動かした佳代子を押しとどめ、俊輔はさらに言葉を紡いだ。

「なんせ、この不況だろう？　あの会社はもう長くない。だから、つぶれる前に辞めてやったんだよ」

自分のプライドを保つためだ。これくらいの嘘は許してくれ、と俊輔はボンドに念を送った。

「だけど、心配するな。新しい就職先ならすぐに見つかるから」

それまでおとなしく伏せていたボンドが、彼に向かって前脚を伸ばし、小さくひと鳴きする。

頑張れよ。

そういってくれているように、俊輔には思えた。

4

新しい就職先ならすぐに見つかる、と家族に大見得《おおみえ》をきってから一週間。しかし、宣言したからといって状況が一変するわけもなく、依然、俊輔の就職先は決まらぬままだった。

不採用の告知を受けるたび、自分のなにがいけなかったかを、彼はしつこく担当者に尋ねた。正直に教えてくれる者は少なかったが、回を重ねるたびに、大体の事情は呑み込めてくる。

肥満体型、口臭、仏頂面——これでは面接官の印象などよくないに決まっている。リストラに遭ったのも、おそらくこのあたりに原因があったのだろうと、冷静に判断できるまでになっていた。

だが、原因は判明しても、その対策がまるでわからない。ダイエットは三日以上続いたためしがないし、結局最後にはリバウンドしてしまう。少しでも口臭をなくそうと歯磨き粉を変えたり、ガムを噛んだりしたが、それもあまり効果は得られなかった。仏頂面にいたっては、これまでずっとその顔でやって来たのだから、今さらどうすることもできない。

なんの成果も得られないまま、今日も電車に揺られて帰宅する。それでも、以前ほどの絶望感はなかった。家に帰れば、ボンドが待っている。彼の愛らしい姿を見たら、それだけで疲れが吹き飛ぶような気がした。

ボンドはとても賢い犬だった。前の飼い主がよほど根気よく躾けたのだろう——実に聞き分けがいい。とりわけ、佳代子の命令には驚くほど素直に従った。たとえば「新聞」と命じると、すぐさま今朝の新聞を持って現れる。「いい子、いい子」と撫でてやれば、得意げに湿った鼻を持ち上げた。まるで、人間の言葉を完璧に理解しているかのようだ。

さらに、気配りも忘れない。陽が当たって暖かいのか、玄関先のマットは、ボンドの一番のお気に入りの場所だった。しかし、たとえ心地よく寝息を立てていても、家の者が外出するときには邪魔にならぬよう、マットから身体を起こして場所を空けてくれるのだ。いってらっしゃい、と尻尾を振って見送る姿は、思わず笑みがこぼれるくらい愛らしかった。

無駄吠えもしなければ、柱をかじったり、壁に爪《つめ》を立てたりすることもない。もちろん、排泄《はいせつ》も決められた場所で行なう。こんなことまでできるのか、そこまで理解しているのか――毎日が驚きの連続だった。

だが、ボンドのことを知れば知るほど、俊輔は不安に駆られていった。よほどの愛情がなければ、ここまで上手に躾けられるものではないだろう。ましてや、まったく手のかからない犬だ。手放す理由など簡単には思いつかない。たぶん、捨て犬ではない。なんらかの理由で迷子になったのだ。今頃、本当の飼い主は寝る間も惜しんで、彼を捜しているのではないだろうか？　だとしたら、あまりにも申し訳なかった。

俊輔はデジカメで撮影したボンドの写真をパソコンに取り込み、迷い犬を預かっている旨を伝えるポスターを作ろうと考えた。それを自宅前に貼っておけば、飼い主の目にも留まるかもしれない。

失業中の身だ。時間は腐るほどあった。四苦八苦しながら、人目につきやすいデザインを考え、明け方までかかってポスターを完成させる。

翌朝。目を覚ますと、すでに十一時を回っていた。日曜日だというのに、家の中はしんと静まり返り、誰の姿も見当たらない。

立て続けに煙草を三本吸い、できあがったばかりのポスターを眺める。悪くない出来映えだ。ひさしぶりに、仕事をした気分になった。

早速、自宅の外壁に貼ろうと、玄関に立つ。俊輔の靴はシューズラックの一番下に入っていた。いつもそうだ。気がつけば、ここが彼の定位置になっている。そんな扱いに不満を覚えながら外へ出た。

外壁にポスターを三枚貼りつける。だが、これだけではまだ心もとない。もっと目立つ場所にも貼っておくべきだろう。たとえば駅の掲示板なら、大勢の目に触れるはずだ。

ちょうど煙草も切れたところだった。買い物がてら、ポスターを抱えて駅へと向かう。駅員に事情を説明すると、「何枚でもどうぞ」と快く承諾してくれた。その言葉に甘え、掲示板の隙間すべてにポスターを貼りつける。それまで時刻表だけしかなかった殺風景な掲示板が、ボンドの笑顔で途端ににぎやかになった。

「あれ？　この犬、どこかで見かけたことがあるような……」

掲示板を覗き込んだ駅員が、そう口にした。

「心当たりありますか？」

「ええ。首からぶら下げたペンダントにも見覚えがあるし……たぶん間違いありません。五十代くらいの女の人が散歩させているところを、この場所から何度か見かけたことがありますよ」

駅近辺が散歩ルートに組み込まれているなら、ポスターにもすぐに気づいてくれるだろう。案外、簡単に飼い主を見つけることができるかもしれない。

駅員に何度も礼を述べ、外へ出る。春らしい陽気に、わずかだが心が弾んだ。軽く散歩でもしようと思い、公園に向かうと、芝生の上には見慣れた顔がそろっていた。

「なんだ、おまえら。一緒だったのか」

佳代子、綾乃、雄大がこちらを振り返る。佳代子の足もとにはボンドが座っていた。

「どうしたの？　あなた」

「どうもしない。煙草を買いに来ただけだ」

妻の問いかけに、仏頂面を貼りつけたまま答える。

「一家の主を放っておいて、おまえらはボンドと散歩か」

「一家の主？　無職のくせしてよくいうよ」

雄大が口をとがらせて呟いたが、聞こえなかったふりをする。

「だってあなた、気持ちよさそうに眠ってたんだもの。起こすのも可哀想だと思って」

「っていうか、お父さん、犬の散歩なんて興味ないでしょ？」

ボンドの頭を撫で、綾乃がいった。

「まあ、それはそうだが……」

「ボンドは本当にお母さんが好きだねえ」

自分から質問したくせに、返事を聞くつもりはないらしい。俊輔を無視して、佳代子にべったり寄り添うボンドへ話しかける。

「当たり前じゃない。いつも散歩に連れて行くのはお母さんなんだからね」

「だけど、餌をあげるのはあたしだよ」

「だから、綾乃にもなついてるでしょ？」

「うーん。だけど、お母さんには負けてる気がするなあ」

「じゃあ、お母さんとお姉ちゃんのどっちが好きか、直接ボンドに訊いてみればいいじゃん」

唐突に雄大がいった。

「どうやって？」

「簡単だよ」

雄大の指示に従い、佳代子と綾乃はボンドからそっと離れた。ボンドは春風に揺れるエノコログサにじゃれつき、皆の行動にまったく気づいていない。

ボンドを中心に、家族四人が四方へ散らばった。参加するつもりなどなかったのに、いつの間にか俊輔も組み込まれてしまったようだ。

「なるほど。みんなでいっせいにボンドの名前を呼んで、誰のそばへ駆け寄るかを確認するわけね」

「そういうこと。じゃあ、いくよ。準備はいい？」

雄大は広げた右手の指を一本ずつ折り、カウントダウンを始めた。すべての指がたたまれたところで、皆が口々にボンドの名前を呼ぶ。佳代子はしゃがみ込み、手を前に伸ばしながら「ボンド、おいで」とひとこと。綾乃は手を叩き、オーバーアクションで「ボンド、ボンド、こっちこっち。ボンド、ボンド！」と名前を連呼。雄大は公園中に響きわたる大声で、「ボンド、おやつだぞ！」とやや反則技を繰り出した。俊輔は小さな子供みたいにはしゃぐ三人を、半ば呆れ気味で眺め続ける。

突然、三方から名前を呼ばれたため、最初はやや戸惑い気味のボンドだったが、すぐに佳代子のもとへ走っていき、彼女の手をぺろりとなめた。

「よーし、えらいえらい」

佳代子はボンドの頭を撫でると、綾乃と雄大に向かって得意げに胸をそらし、ピースサインを送った。

「まあ、ここまでは予想どおり。問題は次だからね。お姉ちゃん、勝負」

今度は綾乃と雄大の二人がボンドを呼ぶ。ボンドは顔を上げ、数秒間、二人の顔を見比べたあと、綾乃に向かって駆け出した。

「イエイ！　あたしが二番！」

ボンドの顔を撫で回しながら、彼女は無邪気に喜ぶ。一方の雄大は本当に悔しそうだ。

「あなたも参加したら？」

いつの間にそばにいたのか、佳代子がそう囁いた。

「あなたが連れてきた犬なんだから」

妻の言葉を聞いて、先週の雨の日を思い出す。尻尾を振りながら、自分のあとを追ってきたボンド。あのとき、どっかへ行けよと鬱陶しく思う一方で、ほんのり心が温かくなったのも事実だった。誰かに好意を寄せられた記憶など、ここ数年まったくなかったから、新鮮に思えたのかもしれない。

「……ボンド」

しゃがみ込み、佳代子がそうしたように両腕を前へ伸ばす。

「ダメよ。もっと大きな声で呼ばなくちゃ」

「おいで、ボンド」

それまで綾乃のスカートにじゃれついていたボンドが動きを止め、俊輔のほうを振り返った。

「ボンド、こっちだ！」

途端、雄大が大声を張りあげた。親父にだけは負けたくないといきり立ったのだろう。真剣なまなざしで、「こっちだ、こっち」と手招きする。

一度は俊輔と目を合わせたボンドだったが、結局、雄大のもとへと走っていった。甲子園出場が決まったかのように、彼は派手にガッツポーズを決める。

「ボンド」

このままでは収まりがつかない。俊輔は先ほどよりもさらに大きな声で、名前を呼んでみた。しかし、雄大と一緒に芝生を転がり始めたボンドは、彼の言葉にまるで耳を貸そうとしない。

「ボンドによる愛情ランキング、決定」

綾乃が叫んだ。

「一位、お母さん。二位、あたし。三位、雄大。最下位、お父さん」

当然の結果とはいえ、少し寂しかった。

「疲れた。俺は帰る」

それだけいって、足早に公園を離れる。


その日の夜は家族と顔を合わせるのが億劫で、食事もせずに布団へもぐり込んでしまった。

おい、俺。そんなにも最下位が悔しかったのか？

まるで子供だな、と自嘲する。

ダイニングから聞こえてくる笑い声に苛立ちを覚え、何度も寝返りを繰り返すうちに、いつの間にか眠ってしまったらしい。気がつくと、朝になっていた。

また、就職活動に明け暮れる一週間が始まる。ハローワークへ向かうため、俊輔はいつもと同じ時間に家を出た。

「……あれ？」

自宅の外壁に貼りつけたはずのポスターが、なぜかすべてなくなっている。

「おい、ポスターがないぞ」

庭の水撒《みずま》きを行なっていた佳代子を呼ぶと、

「あら、本当だ。ゆうべはちゃんとあったのに」

本当に事態がわかっているのか、のんびりとした口調で彼女は答えた。

「誰の仕業だろう?」

「そんなことより、あなた。早くしないと電車に乗り遅れるんじゃない?」

「あ、ああ」

佳代子に急かされ、駅へと向かう。もしやと思い、改札口前の掲示板に目をやると、心配したとおり、そこにもポスターは見当たらなかった。

一体、どういうことだ?

昨日の駅員を探し出し、掲示板を指差す。

「あれ? ポスター、剝《は》がされたんですか? あ。ということは、飼い主が見つかったんですね。よかった、よかった」

「いや、そうじゃなくて」

どうやら、駅員も事情は知らないらしい。ほかの駅員にも訊いてもらったが、ポスターを剝がした者はいないということだった。

「おかしいなあ。今朝、出勤したときには間違いなく貼ってあったんですけどね。朝の通勤ラッシュでみんなが慌ただしく動き回っている間に、誰かが剝がしていったんでしょうか」

申し訳なさそうに駅員はいった。

「だけど、なんのために?」

そんなことをする動機がさっぱりわからない。

あの犬には、なにかとてつもない秘密が隠されているのでは？

そう思わずにはいられなかった。

5

電車に揺られている間も、ハローワークを訪れ、社員募集の分厚いファイルを眺めている最中も、俊輔はボンドのことばかり考えていた。

あの犬には不思議なことが多すぎる。

出会ったときからしてそうだ。ボンドは俊輔の好きな缶コーヒーをなぜか知っていた。途中、確実に撒いたと思ったのに、まるで最初から俊輔の自宅がわかっていたかのように、家の前で待ち受けていたのも奇妙な話だ。

どちらかひとつだけなら、偶然だと笑い飛ばすこともできただろう。だが、さらに起こったポスターの消失事件。ここまで不可思議な現象が続くと、さすがになにかあると勘繰りたくもなる。

もしかして、あの犬は人の心を読みとることができるのではないだろうか？

無邪気な顔つきをしているが、ほかにももっと特殊な能力を持っているのかもしれない。そのことに気づいた飼い主が、恐怖に駆られてボンドを捨てたのかも、と妄想はあらぬ方向まで広がっていく。しかし、馬鹿馬鹿しいと一蹴するのも早計だ。俊輔の貼ったポスターを見て、元飼い主は焦った。そのポスターを目にした知り合いが、よけいな親切心を働かせ、自分の犬であることを連絡するかもしれない。そうなっては困る。だから、すべてのポスターを破り去ったとも考えられるではないか。

とにかく、なんとしても飼い主を見つけ出さなければならない。飼い主に名乗り出る気がないのなら、こちらから探し出すしかないだろう。唯一の手がかりはボンドの首からぶら下がったロケットペンダントだ。どうにかして、あの中身を確認することはできないだろうか？

一番なつかれている佳代子に頼んでボンドの手足を押さえ込んでもらえば、ペンダントを引きちぎることも可能かもしれない。だが、そんな乱暴な手段を彼女が受け入れるとは思えなかった。やはり、自分でなんとかするしかない。そのためにはボンドと親しくならなければ。

どうすれば、ボンドはなついてくれるようになるだろうか？

なんの収穫も得られぬままハローワークを出た俊輔は、その足で図書館を訪ねた。犬の飼いかたが記された書物を十数冊選び出し、片っ端から読んでいく。

犬は群の中で、仲間を順位づけする習性があるそうだ。力を持っている者を敏感に見極め、自分より上の犬には服従し、下の犬には己の力を見せつけるのだという。

——私、犬ってあんまり好きじゃないな。強い者に媚びへつらうあの態度が、どうにも許せなくって。

猫好きを自称する部下が以前、酒の席でそう話していたことを思い出す。今考えると、上司にゴマばかりすっていた俊輔に対する当てつけだったのかもしれない。

いや、俺と犬を同列に扱うのは、犬に対して失礼だな。

俊輔はそう思った。ボンドを飼い始めた今ならわかる。犬は強い者に媚びているわけじゃない。ボスとして認めているから、尊敬しているから、大好きだから、その人のためになにかしてあげたいと思っているだけなのだ。そこに、打算や損得勘定はいっさい存在しない。

さらに、本を読み進む。家庭で飼われている犬も、順位づけを行なうらしい。その家の人間関係を的確に判断し、力の強い者に従うのだという。一方、自分より下に順位づけされた者の命令は、ほとんどなにも聞かないのだそうだ。

その説が正しいとすれば、衣笠家の序列は佳代子が一番、続いて綾乃、雄大と続くことになる。呼んでも無視される俊輔は、ボンドより下の存在だと思われているわけだ。

ちょっと待て。ボンドが俺を最低ポジションに位置づけたということは即ち、妻や子供たちも同じように俺を見下していることにならないか？

「ふざけるな」

悪態をつき、彼は本を閉じた。

我が家の主人は俺だ。なんとしても、俺を主人と認めさせてやる。

憤りながら図書館を出た俊輔は、ペットショップへ足を運び、犬用のおやつとおもちゃを大量に買い込んだ。

すぐさま家に戻り、玄関マットの上で居眠りしていたボンドを叩き起こす。

「ほら、ボンド。クッキーだぞ」

鼻の前にお菓子を突きつけてみたが、ボンドは大きなあくびをひとつしただけで、またすぐに寝入ってしまった。

「今はおなかがいっぱいか？　じゃあ、おもちゃで遊ぶか？」

強く押すと音が鳴るボールを鼻先へ転がしてやる。一瞬、ちらりとボールを見ただけで、これといった反応はない。再び、寝息を立て始めた。

「なんだよ。せっかく遊んでやろうと思ったのに」

ふと、首からぶら下がるペンダントに目がいった。

ボンドはよく眠っている。今ならペンダントを奪い取ることができるのではないだろうか？

息を殺し、ゆっくりとボンドの首に手を伸ばす。

そのまま眠ってろ。

しかし、ペンダントに手がかかった瞬間、ボンドは機敏に立ち上がり、牙をむき出して唸った。その恐ろしい形相《ぎょうそう》に、俊輔は「ひいっ」と情けない悲鳴をあげる。

計画はあっけなく頓挫したが、それしきのことであきらめる彼ではなかった。なんせ、時間は腐るほどあるのだ。

翌日。今度は歯磨き粉と消臭剤を買って帰宅する。犬はにおいに敏感だ。自分のことを避けるのはきっと煙草のにおいが苦手だからに違いない。そう考え、染みついたにおいを消してみることにした。

念入りに歯を磨き、全身に消臭剤を振りかけて接近する。だが、結果は変わらなかった。鼻先にクッキーを突きつけても、おもちゃを転がしても、やはりそっぽを向くばかり。

「どうした？　もうにおわないだろう？」

試しに、ボンドの顔に息を吐きかけてみると、途端に跳ね起き、昨日同様、激しく牙をむかれてしまった。本気で嚙まれるんじゃないかと、思わず肝を冷やす。

「あなた、なにやってるの？　ボンド、怯《おび》えてるじゃない」

「いや、怯えてるのは俺のほうなんだけどな」

乱れた呼吸を整えながら、情けない声を漏らす。

「……俺になつかないのはにおいのせいかと思って、歯を磨いてみたんだけど、ダメだった」

「なに？　ボンドに好かれたいわけ？」

佳代子が小さく笑う。

「違う。ただ、こいつの秘密を暴きたいだけだ」

「秘密ってなんのこと？」

「いい。おまえに説明しても無駄だ」

俊輔は立ち上がり、ポロシャツの胸ポケットに手をやった。煙草がない。

「くさいよ」

辛辣に彼女がいう。

「……え？」

「煙草くさい。私でもわかるくらいだもの。鼻の利くボンドをごまかせるわけないでしょ」

口をとがらせる俊輔に向かって、佳代子は続けた。

「本気でにおいを消したいと思ってるなら、禁煙するしかないんじゃない？」

彼女の言葉を無視して、俊輔は外出した。煙草を買って、公園へと向かう。

禁煙だと？　ふざけるな。煙草は精神安定剤だ。これがなくちゃ、いい仕事なんてできやしない。

公園のベンチに座り、煙草をくわえる。ライターの火をつけたところで動きを止め、しばらく悩んだのち、ゆっくりと煙草を箱に戻した。

「禁煙するいい機会かもしれないな」

踏切のほうを見やり、ボンドと出会った日のことを懐かしく思い返す。

俊輔に向かって尻尾を振るボンド。もう一度、あの愛らしい姿を見てみたい。

力強く立ち上がると、彼は砂場横のゴミ箱へ煙草とライターを投げ捨てた。

もはやためらいはなかった。


その日の夜。

家族そろっての夕食も一週間以上となるが、まだ子供たちとの会話はぎくしゃくしたままだ。

だが、食後に禁煙パイポをくわえた俊輔を見て、

「あれ、お父さん。煙草、やめたんだ」

珍しく、雄大のほうから話しかけてきた。

「ああ。やっぱり、家族の健康のことを考えると、喫煙はよくないと思ってな」

まさか、ボンドに好かれたいからなどと、本音を口にするわけにもいかない。俊輔の嘘に、佳代子がくすりと笑った。

「果たして、いつまで続くんだか」

綾乃が憎まれ口を叩く。いつもの俊輔なら、大声で彼女を怒鳴っていただろう。だが、その日はこみ上げる怒りをぐっとこらえた。すぐそばにボンドがいたからである。犬は大きな音が苦手だ、と図書館で借りた本に書いてあった。怒鳴り声はマイナスポイントにしかならない。

黙ってお茶をすする俊輔に、綾乃も拍子抜けしたようだ。普段であれば、父親に対する不満を並べ立てるはずが、おとなしく食事を終える。

「ああ、そうだ。明日から、俺がボンドを散歩に連れていくからな」

お茶を飲み干したところで、俊輔はそう宣言した。皆がいっせいに驚きの表情を見せる。

「……なんで？」

綾乃が目を見開いて尋ねた。

「なんでって……べつにいいだろう？　いつもお母さんに任せっきりで申し訳ないと思ってさ。この家で、一番暇にしてるのはお父さんなわけだし」

「腰のほうは大丈夫？　それに、ボンドは早起きよ。朝五時には散歩に行きたがるけど」

「え……五時？」

佳代子の言葉に一瞬ためらう。いつも俊輔が目を覚ました頃には、すでに散歩が終わっていることは知っていたが、まさか、そんな早くから出かけていたとは。

だが、ここでためらうわけにはいかない。スキンシップが大切だ、と本にも書いてあった。ボンドが佳代子にもっともなついているのも、彼女が家族の中で一番世話をしているからだろう。

いつもなら、夕食のあとに晩酌《ばんしゃく》を始める俊輔だが、そんなことをしていたら、明日の朝、起きることができなくなる。すぐに風呂へ入って眠ることにした。

「じゃあ、明日な。ボンド」

できる限りの笑顔を作って頭を撫でてやったが、ボンドはいつもと同じように上目遣いに俊輔を見るだけで、すぐにまた寝息を立て始めた。


翌朝は予定どおり五時に目を覚まし、ボンドと共に散歩へ出かけた。首輪をつけることはできないので、代わりに胴輪《ハーネス》を装着する。それだけでもかなり手こずってしまった。

まだあたりは薄暗く、空気も冷たい。ボンドの足どりは速く、必死で追いかけなければついていけなかった。幸い、腰が痛み出すようなことはなかったが、それでもかなりつらい。

「おい、こら。待て」

たかが散歩とあなどりすぎていたかもしれない。ボンドはぐいぐいとリードを引っ張り、あちこち俊輔を連れ回す。思いのほか力が強く、彼はずっと走り続けなければならなかった。すぐに息があがったが、それでもボンドは許してくれない。

「こら。止まれってば」

息も絶え絶えに注意するが、まるでいうことを聞かない。

チクショー。同行者が俺だから、なめているのか？

へろへろになりながら、引きずられるようにボンドのあとをついていく。いつも以上にはしゃいでボンドも疲れたのか、駅前まで戻ってきたところでようやく動きを止めた。

「ボンド……満足か？　……じゃあ、そろそろ……帰ろうか」

はあはあと舌を垂らして呼吸しながら、ボンドに話しかける。これではどちらが犬かわかったものではない。家を出たときは寒かったが、今は全身汗だくだ。ジャージもTシャツも脱ぎ捨ててしまいたかった。

「衣笠さん」

突然名前を呼ばれ、声のしたほうを振り返る。隣人の佐伯が大きなスーツケースを持って立っていた。

「今、お帰りですか？」

今夜から海外に出張だ、と以前会ったときに話していたことを思い出す。

「ええ。昨日の夜、成田《なりた》に到着した途端、本社から呼び出しを受けまして……おかげでゆうべは徹夜です。家族の顔を早く見たくて、眠いのを我慢して始発で帰ってきました」

その話しぶりから察するに、きっとばりばり仕事をこなしているのだろう。それに引き替え、俺は……。汗まみれの自分が急に恥ずかしく思え、俊輔は背を丸めた。

「では、これで」

佐伯は会釈をすると、俊輔の連れた犬の背中を撫で、

「じゃあな、ボンド」

そう声をかけた。

……え？

去りゆく佐伯の背中を見て、俊輔は眉をひそめる。

あの男……ずっと海外へ出張していたはずなのに、どうしてボンドの名前を知っているんだ？

6

季節は春から夏へ。雨の日の出会いから三ヵ月が経過した。

いつもどおり朝の散歩を終えた俊輔は、食卓に着き、昆布だしのきいた味噌汁を勢いよくすすった。「うまい」と思わず声に出す。煙草をやめてからというもの、ご飯が美味しくて仕方がない。

すでに食事を終えた雄大は、俊輔の足にじゃれつくボンドに、無理やり動物図鑑を見せている。

「おい。どいつがおまえの好みだ？」

開いたページを覗き込むと、様々な種類の犬が写真入りで紹介されていた。

「雄大、なにやってるんだ？」

「佐伯んとこ、近いうちに犬を飼うんだってさ」

「佐伯？　ああ、お隣さんか」

彼の爽やかな笑顔を思い浮かべる。

海外へ出張していたにも拘わらず、ボンドの名前を知っていたのはなぜか？　もしかしてボンドの本当の飼い主は彼だったのでは？　一度はボンドを手放したものの様子が気になって、玄関先で交わされた俊輔と綾乃の会話をこっそり盗み聞きしていたのではないだろうか？　いっときはそんな妄想まで働かせたが、結局なんの確証も得られぬまま、今日に至っている。

今となっては、もとの飼い主のことなどどうでもよかった。むしろ、現れてもらっては困る。ボンドを手放すことなんて絶対にできやしない。

「飼うならどんな犬がいいかな？　って相談を受けたから、今後、近所づきあいをすることになるボンドの意見も聞いておこうと思ってさ。おい、ボンド。ポメラニアンなんてどうだ？」

鼻先に図鑑を押しつける息子に苦笑しながら、俊輔は炊きたてのご飯を口に運んだ。

「へえ。佐伯さんち、犬を飼うの？」

台所から佳代子が顔を見せる。

「だけど、あそこのお母さん、犬が苦手なんじゃなかったっけ？」

「それがさ、おばさんから飼おうっていい出したらしいよ」

雄大はにっこりと微笑み、

「たぶん、お父さんの影響だね」

そう答えた。

「俺の？」

「身近で、ここまで完璧な成功例を見ちゃうとさ、やっぱり自分も試してみたくなっちゃうんじゃないの？」

息子がなにをいっているのか、さっぱりわからない。首をひねっていると、

「やばい、遅れちゃう！」

慌ただしく綾乃が駆け込んできた。

「もう、お母さん。どうして起こしてくれなかったの？」

跳ねた髪を気にしながら、俊輔の向かい側に座る。

「何度も起こしました」

ご飯と味噌汁を綾乃の前に置き、佳代子は娘を睨みつけた。

「遅くまでＤＶＤを観てるからでしょ。自業自得よ」

「仕方ないじゃん。面白かったんだもん。あ。歴史ものだから、きっとお父さんも好きなんじゃないかな？　今度、一緒に観る？　うわあ、美味しそう。いただきます」

朝から実にけたたましい。湯気のたつご飯に手を合わせると、綾乃はまず味噌汁をすすり、幸せそうな笑顔を見せた。

「仕事に遅れそうなときも、ご飯だけはしっかり食べていくんだな」

「当然。朝ご飯は元気の源だからね。それに、朝ご飯をちゃんと食べれば健康になることは、お父さんで実証ずみだし。あ、この玉子焼き、美味しい！　やっぱりお母さんの作る玉子焼きはサイコーだね」

口いっぱいに頬張りながらしゃべるものだから、ご飯粒があたりに飛び散る。社会人になって相当経つというのに、まだまだ子供気分が抜けきらないようだ。

「お姉ちゃん。食べるかしゃべるかどっちかにしたら？」

「うるさい。あたしは食べたいし、しゃべりたいの」

騒がしい食事風景を楽しみながら、俊輔は空になった茶碗を佳代子に差し出した。

「お代わり」

「え？　まだ食べるの？」

佳代子が目を丸くする。

「三杯目よ。少し食べすぎなんじゃない？」

「今朝は隣町まで散歩に出かけたからな。いつも以上に腹が減ってるんだ」

「ええ？　お父さん、あんな遠くまで行ってきたの？」

雄大が驚きの表情を見せる。

「べつに遠くない。軽く走って片道二十分だ」

ボンドと散歩を始めてからというもの、あれだけ苦しめられた腰痛も嘘みたいに消えていた。

「そうそう——隣町の駅前に、新しい洋食屋さんができてたぞ。ボンドが店の前で長い間立ち止まっていたから、きっと美味いはずだ。今度、みんなで食べに行こう」

「ボンドの鼻は信用できるもんね」

そういって、雄大はボンドの頭を撫でる。

「でも、どうしてわざわざ隣町へ？　いつもの散歩ルートとは正反対の方向じゃん」

「それは……」

「あ、わかった。神社でお参りしてきたんじゃないの？」

綾乃がいった。

「あそこの神社、就職祈願に効果があるって噂だから」

図星だ。娘の勘のよさに驚く。

「そうか、すっかり忘れてた。お父さん、今日が最終面接だっけ？」

「ああ」

「頑張ってね」

大手家電メーカーN社の最終面接が、午前十一時から行なわれる。今まで平静を保っていたが、子供たちに励まされると、次第に緊張が高まり始めた。

不況の波に呑まれ、同業他社が経営に苦しむ中、N社だけは斬新極まりない商品開発力と地道な営業力が功を奏し、順調な成長を遂げていた。しかも経験豊富なベテランを優遇する企業だと聞いている。

「お父さんがN社で働いてるなんて、娘としては鼻高々だな。早速、友達に自慢しちゃおうっと」

「おい、早まるな。まだ採用が決まったわけじゃないぞ」

「お父さんなら大丈夫」

箸《はし》を振り回しながら、綾乃がいった。

「こら。お父さんによけいなプレッシャーをかけるんじゃないの」

「だって、お母さんもそう思うでしょ？　今のお父さんなら絶対大丈夫だって」

そんなことをいわれたら照れくさくなってしまう。

「おい、時間は大丈夫なのか？」

だから無理やり、話題を変えることにした。

「いっけない！　遅刻だ、遅刻！　ごちそうさま」

残ったご飯を一気にかき込むと、リスのように頰をふくらませたまま、綾乃は洗面所へと駆け込んだ。

「俺もそろそろ行かなくっちゃ」

続いて雄大が立ちあがる。まもなく高校野球の地方大会が始まる。朝早くから夜遅くまで、野球漬けの毎日が続いていた。

「頑張れよ」

俊輔のエールに、雄大はピースサインを突き出す。

「お父さんもね」

「ああ」

俊輔も同じようにピースサインを作ってみせると、雄大は満足したように微笑み、「行ってきます！」と元気よくダイニングを飛び出していった。

「あなたもそろそろ準備したほうがいいんじゃないの？」

「そうだな」

佳代子の言葉に従い、リビングに移動する。ボンドも一緒についてきた。

「ボンドはお父さんのことが本当に好きなんだねえ。なんだか妬《や》けちゃうな」

佳代子の声を聞きながら、ゆうべのうちにアイロンをかけておいたスラックスを穿《は》く。買ったばかりだというのに、ベルトの穴がまたひとつ奥まで入るようになっていた。

姿見を覗き込むと、以前とは違う自分が映っていた。もう、昔のような仏頂面を浮かべてはいない。

頑張れ、と俊輔を励ますようにボンドがひと鳴きした。


そして、運命のときが訪れる。

かなり緊張したが、それでも最終面接は滞りなく終了した。驚いたことに、その場で採用の通知を受け取り、社長からは「期待しているよ」と励ましの言葉までもらった。

早く報告しなければと自宅に電話をかけると、すぐに佳代子が出た。

「そろそろ面接が終わった頃だろうから、私も連絡を入れようと思っていたところ」

なぜか彼女の声は暗く沈んでいた。その後ろから、綾乃のすすり泣く声が聞こえてくる。

まだ、午後二時を少し回ったところだというのに、どうして自宅にいるんだ？

心に黒い霧がかかった。

「なにかあったのか？」

恐る恐る尋ねる。

「あなた、落ち着いて聞いてね。ボンドが急に倒れたの。お医者さんの話だともうあまり長くないって」

雷に打たれたような衝撃が、全身を貫いていく。佳代子はまだなにかしゃべっていたが、俊輔には耳を傾ける余裕もなかった。

7

自宅に戻ると、ボンドは毛布にくるまれた状態で、いつも好んで座る玄関マットの上に横たわっていた。

「お父さんが帰ってきたよ」

涙声の綾乃に反応し、ゆっくりとまぶたを開く。ひどく緩慢なその動作に胸が押しつぶされそうになった。

「……どうして？」

ようやく発したその言葉は、ひどくかすれて自分の耳に届いた。

「心臓が弱ってるんだって」

洟をすすりあげながら、雄大が答える。

「そんな……」

いつものように背中を撫でてやると、ボンドは薄目のまま、くうんと鼻を鳴らした。

「そんな年寄りじゃないだろう？　まだまだ元気だったじゃないか。今朝だって、俺をぐいぐい引っ張って歩いてたんだぞ」

鼻のつけ根がつんと痛くなる。目の前が涙でかすんだ。

「いくらなんでも早すぎるよ。まだ出会って三ヵ月だぞ。冬になったら一緒に雪の上を走り回って、春が来たら桜の並木道を歩いて……海へ行ったり、山登りをしたり、まだまだおまえとやりたいことがいっぱいあるんだよ。頼む。逝かないでくれ。お願いだ」

俊輔の話を聞いているのか、ボンドは折れ曲がった耳を、時折ぴくりと動かした。

「そうだ。これを見てくれ」

先ほど社長から手渡されたばかりの社員章を取り出し、ボンドの顔に近づける。

「採用が決まったんだ。もう無職じゃないぞ。これからはバリバリと働いてやる。ほら、おまえにはカッコ悪いところばかり見られてるからな。これでようやく、カッコいい姿を見せられる。だから、まだまだ生きてくれなくっちゃ」

話しかけるうちに、とめどなく涙があふれ出してきた。次第に声も震え始め、子供の前だというのに、何度もしゃくりあげてしまった。

「ごめんな、とり乱しちゃって。俺、相変わらずカッコ悪いよな」

無理やり笑う俊輔のほうへ、ボンドはわずかに顔を動かした。

「……ボンド？」

前足を折り曲げ、ゆっくりと立ち上がる。

「起きなくていい。無理するな」

俊輔のいうことを聞こうとせず、ボンドは背中の毛布を払いのけると、今にも崩れそうな頼りない足どりで彼に近づいてきた。

「ボンド……」

俊輔の顔に鼻先を近づけ、涙で濡れた頬をひとなめする。

もう泣かないで。

まるで、そう訴えているかのようだった。

「ああ、ごめん」

涙を拭って、微笑み返す。それで安心したのか、ボンドは尻尾を左右に大きく二度振ると再び座り込み、身体を丸めて静かに目を閉じた。

――それっきりだった。

再び、ボンドが目を覚ますことはなかった。

綾乃がわっと泣き崩れる。俊輔もボンドを抱きしめ、涙が涸《か》れるまで泣きわめきたかった。だが、子供たちの前だ。俺がしっかりしなくてどうする？　と自分にいい聞かせる。

深呼吸を繰り返すと、多少気持ちが落ち着いた。

「おやすみ。ゆっくり休めよ」

そう囁き、ボンドの身体に毛布をかけてやる。

首からぶら下がったペンダントが、照明の灯《あか》りを反射してまぶしく光った。ゆっくりとチェーンに手を伸ばす。いきなり起き上がり、牙をむいて吠えることを期待したが、ボンドは安らかに眠ったままだった。

チェーンをはずし、ペンダントを手に取る。今まで、決して触れることのできなかったアクセサリーだ。ここにはきっと、ボンドの秘密が隠されているに違いない。

緊張しながら蓋を開けると、中には一枚のメモが挟み込まれていた。顔を近づけ、そこに記された文字を確認する。

赤のボールペンで《ボンド》。その下にはこの家の電話番号が記されていた。

「……どうして？」

そうひとりごちる。ボンドの首には、誰もさわることなどできなかったはずだ。それなのになぜ、ボンドの名前と我が家の電話番号が書かれているのだろう？

「あ――」

ひとつの可能性に気づき、俊輔は顔を上げた。ボンドを取り囲む家族三人の表情を見て、確信に至る。

「なんだ……そういうことか」

俊輔のお気に入りの缶コーヒーを、ボンドがいとも簡単に当ててしまった理由。自宅の場所を知っていた理由。ポスターが破かれた理由。海外へ出張中だった隣人がボンドの名前を知っていた理由。すべてがひとつに繋がり、真相が浮かび上がる。

「十数年前に綾乃が拾ってきた子犬……あれがボンドだったんだな」

「ばれちゃったか」

洟をすすり、綾乃は答えた。

「あのとき、どうしても捨てることができなくて……お母さんと雄大にも協力してもらって、お父さんに内緒で飼うことを決めたんだよ」

犬の首根っこを乱暴につかみ、学校の裏山まで運んだことを思い出す。あの出来事が、ボンドの心に癒《い》えぬ傷を作ってしまったのだろう。だからボンドは、首をさわられることをひどくイヤがったのだ。

ボンドの安らかな寝顔を見下ろしながら、綾乃はさらに言葉を紡いだ。

「幸いボンドはおとなしい犬でさ、めったに吠えなかったし、仕事人間だったお父さんは家のことにはまるで無関心。休日でさえほとんど家にいなかったから、ばれる心配はなかったってわけ」

「とんでもない愚か者だな」

俊輔は自分自身をあざ笑った。

「十年以上も一緒に暮らしていたのに、それにまったく気づかなかっただなんて……」

「ちょっとは反省してる？」

涙声のまま、雄大がいう。俊輔は黙って頷いた。

そっとボンドの頭を撫で、佳代子がひとりごとのようにぼそりと呟く。

「首にさえさわらなければ、とってもおとなしい——本当にいい子だった。ボンドが暴れたのはたった一度——あの雨の日だけ」

「雨の日？」

「あなたがボンドと初めて出会った日」

佳代子は小さく首をすくめた。

「あの日、急にボンドが逃げ出しちゃったの。今までそんなこと一度もなかったから、みんな慌てたわ。綾乃なんて、会社を早退してきたくらい。雨の中、みんなで手分けして捜したんだけど、ボンドはなかなか見つからなくて……」

「もしかしたら、事故にでも遭ったんじゃないかって、心配で心配で。泣きながら帰ってくると、お父さんがボンドと一緒に玄関先で座ってるんだもん。びっくりしちゃった」

綾乃があとを継ぐ。

「お父さんにばれないよう、みんなで口裏を合わせるの、ものすごく大変だったんだから」

さらに、雄大がいった。

「あのとき、どうしてボンドが逃げ出したのか、それはいまだによくわからないままなんだけどさ。お父さんが出勤したら、まるであとを追いかけるように飛び出して行って……」

「俺のあとを追って？」

俊輔は考える。

ボンドは俊輔の好きな缶コーヒーを知っていた。俊輔は三ヵ月前まで、ボンドのことなどなにも知らなかったが、ボンドはいつも物陰から彼のことを見ていたのだろう。

あの日の朝、俊輔はぼんやりと死ぬことを考えていた。もしかするとそれを敏感に察知して、ボンドはあとを追いかけてきたのかもしれない。俊輔を家族の一員と認めていたからこそ、彼の身を案じ、駅の前でずっと、帰ってくるのを待ち続けていたのだ。

「どうして、ボンドって名づけたかわかる？」

綾乃がいった。

「目つきが鋭くて、スパイみたいだったからって話してなかったか？」

「あれはとっさに思いついた出まかせ。ボンドの目、ちっとも鋭くなんかないでしょ？」

彼女は肩をすくめて、先を続けた。

「小学生のあたしはね、いつも帰りが遅くて、たまに顔を合わせても怒鳴ってばかりのお父さんと仲良くなりたかったの。もしかしたら、この犬があたしたちを繋げる接着剤になってくれるかもしれない。そう思って――」

ボンドの首を何度も撫で、綾乃は涙まじりにいった。

「ずいぶんと時間はかかったけど、願いを叶《かな》えてくれてありがとうね」

俊輔は立ち上がり、シューズラックの最上段にそっとペンダントを置いた。

「おまえが一番だよ、ボンド」

そう口にした途端、やわらかな風が俊輔の周りを嬉しそうに跳ね回るのがわかった。

言霊の亡霊

序章

「あーあ」

パソコンの画面とにらめっこを続けていた同僚は、ついに精根尽き果てたのか、机に突っ伏して絶望のため息を漏らした。

明日はクリスマス。外からはカップルの楽しそうな笑い声が聞こえてくる。

窓の向こうに目をやると、イルミネーションに彩《いろど》られた夜の街が見えた。殺風景で殺伐《さつばつ》としたこの場所とはまるで異なる別世界だ。

「ああ、もう！　どいつもこいつも羨ましいな！」

カップルの楽しそうな声が気に障ったのか、同僚は忌々しそうに舌打ちを繰り返した。彼は二ヵ月後の誕生日でアラフォーとなるが、いまだ独り身の生活を続けている。

「幸せな奴らはみんな、死んじまえばいいのに」

そのひとことに、僕——梅澤圭介《うめさわけいすけ》はキーボードを叩く手を止めた。

学生時代から付き合ってきた恋人に「私と仕事、どっちが大事なの？」と定番すぎる台詞を突きつけられ、つい最近別れたばかりの同僚。仕事に追われ、出会いの場もほとんどない彼が思わず愚痴りたくなるのもわからないではなかった。

死んじまえばいいのに。

本気でそう思っているわけではないことくらい百も承知だ。チクショーや馬鹿野郎と同じ程度の、軽い気持ちで口にした言葉なのだろう。

だけど、僕はこの言葉を耳にすると、途端に身体が動かなくなる。二の腕に鳥肌が立ち、ときには呼吸困難に陥ることもあった。

「ごめんな。おまえだってホントは家族が待ってるだろうにさ」

机に突っ伏したまま、顔だけをこちらに向けて同僚がいう。

「……いや、嫁も仕事が忙しいみたいだから」

僕は胸を押さえ、息を整えながら冷静を装った。

妻の美鈴《みすず》には、今夜は遅くなるとメールで伝えてある。美鈴も仕事が忙しいのか、ご飯は適当にすませてきてね、と素っ気ない返事が戻ってきただけだった。

「娘は友達の家でクリスマスパーティーをやってるみたいだし」

「娘さん、いくつになったんだ？」

「……五歳」

「名前は？」

「京香《きょうか》」

しゃべり続けるうちに、気持ちも落ち着いてきた。

「京香？　俺の初恋の人と同じ名前じゃん。ああ、キョンちゃん。今頃、どうしてるかなあ？」

よほど仕事をしたくないのか、同僚はどうでもいい質問ばかり投げかけてくる。

「口より手を動かせよ」

強い口調でいうと、今度は大きなため息が返ってきた。

「なあ、圭介。見積書の作成、今夜中に終わりそうか？」

「……終電までにはなんとか」

「終電か……もうちょっと早く終わらせられねえかな？」

「そこはおまえの頑張り次第だろ？」

「俺はもう無理。限界。あーあ、このまま、なにもかも投げ出して帰っちまおうかなあ」

「馬鹿野郎、ふざけんな。誰のミスでこうなったと思ってるんだよ」

僕は口をとがらせて怒鳴った。気心の知れた仲間に毒を吐くことは、とくになんとも思わない。でも、「死ね」という言葉だけは昔からどうしても口にすることができなかった。

おまえ、いっぺん死んでこいよ。

ホント、死んじゃえばいいのにな。

死ね、マジで。

みんなが平然と言いのけるその言葉に、僕はどうしても嫌悪感を抱いてしまう。

そうなった原因に、心当たりがないわけではなかった。

おまえなんてお母さんじゃないや！　死んじゃえ！　この世から消えてなくなっちゃえ！

幼い頃、ヒステリックに泣き叫んだ僕に、母――いや、母などと呼びたくはない――あの人はいった。

圭介、死ねなんて軽々しく口にしたらダメ。言葉にはね、言霊《ことだま》という不思議な力があって……。

どうやら、僕はその教えを今でも頑《かたく》なに守り続けているらしい。

だけど、どうして？

あの人の説教なんて、まともに聞いたことなど一度もなかった。それなのに……。

死ねなんて軽々しく口にしたらダメ。

このひとことだけは僕の心の奥底にこびりついたまま、いっこうに剝がれる気配を見せない。

書類の山を押さえる役割を担っていた僕のスマートフォンが振動を始めた。画面には見覚えのない電話番号が表示されている。

こんな時間に誰だろう？

不審に思いながら、スマホを手に取る。

『もしもし、ケイちゃん？』

通話ボタンを押した途端、甲高い中年女性の声が響き渡った。

『あたし、細井《ほそい》――覚えてるかな？　ケイちゃんちの隣に住んでる太ったおばちゃんだけど』

「ああ、あべのおば――」

そこまでしゃべり、僕は口を押さえた。

細井なのに太ってるなんてあべこべじゃん。そんな理由からつけられた仇名《あだな》が〈あべのおばちゃん〉だったが、さすがに三十半ばのいい大人が、本人を前にその名前を口にするのは憚《はばか》られる。

「細井さん……ご無沙汰しています」

慌ててそういい直した。

『いいよいいよ、子供のときみたいにあべのおばちゃんって呼んでくれればさ』

大学に入ると同時に僕は家を出たため、おばちゃんの声を聞くのは実に十六年ぶりだった。昔とまったく変わらない彼女の豪快な笑い声に、懐かしさを覚える。

でも、どうしておばちゃんが僕のスマホの番号を知っているのだろう？

そういえば……。

以前、電話口であの人が告げた言葉を思い出す。

最近ね、お母さん、身体の調子があんまりよくなくって。もしお母さんの身になにか起こったときは、細井さんからあんたに連絡を入れてもらうようにするね。あんたの電話番号、細井さんに教えてもかまわない？

心臓がどくん、と音を立てて揺れた。スマホを握る手にじっとりと汗がにじむ。

『ねえ、ケイちゃん。最近、モモコさんから連絡はあった？』

「いえ……」

僕は首を横に振った。モモコはあの人の名前だ。彼女とはもう一年以上しゃべっていない。

『天気のいい日は必ず洗濯をする人なのに、最近ちっとも姿を見かけなくて。昼間も雨戸が閉まったままだし……』

「どこか旅行に出かけているんじゃ――」

『新聞も郵便受けに溜《た》まったままなのよ。モモコさん、旅行前には新聞の配達を止める人だし、そもそもそういうときは必ずあたしにひと声かけていくでしょう？』

あの人の身になにかあったのだろうか？

ここ数日、厳しい寒さが続いていた。ヒートショックで急死する高齢者も多いと聞く。あの人も来年は還暦――もう若くはない。なにがあってもおかしくはなかった。

『なにもないとは思うけど、ちょっと様子を見てきてもらえないかな？』

おばちゃんが不安そうにいう。

「あ……はい、わかりました。わざわざ教えていただいてありがとうございます。今からそちらへ行きますので」

僕は当り障りのない言葉を返し、通話を終えた。

すぐさま上着を羽織り、鞄を持つ。

「おい、どうしたいきなり？」

目を丸くしながら同僚がこちらを見上げた。

「悪い、急用ができた」

「急用って……見積書はどうするんだよ？」

「明日の朝、早く来てなんとかするから」

早口でそう答え、オフィスをあとにする。同僚は考えつく限りの罵詈雑言《ばりぞうごん》を並べ立てたが、相手にしている暇はない。

浮かれた夜の街を駆け抜け、地下鉄に飛び乗った。

最後にあの人としゃべったのはいつだっただろう？

記憶を探ったが、なかなか思い出すことができない。それくらいあの人とは疎遠になっていた。

実家には盆と正月に顔を出すくらい。それも結婚して子供が生まれてからはやめてしまった。もう五年ほど、家には帰っていない。

美鈴と結婚したとき、彼女はあの人と一緒に暮らすことを望んだ。

お母さん、一人きりなんでしょう？　口ではなにもいわないかもしれないけど、絶対に圭介さんと一緒に暮らしたいと思ってるってば。あたしもお母さんと仲良くなりたいし。

だが、僕は美鈴の申し出をきっぱりと断った。

どうして？

美鈴は不満げに口をとがらせた。

これまではあまり仲良くなかったのかもしれないけど、孫ができたら絶対にその関係も変わるってば。圭介さんとあたしとこれから生まれてくる子供とそしてあなたのお母さん――家族四人で笑いながら散歩する姿を想像してみてよ。それってものすごく幸せな光景だと思わない？

あり得ない。美鈴はなにもわかっていないと思った。僕とあの人の捻《ね》じれた関係は、そんな簡単に修復できるものではないのだ。

週に一度は必ずかかってきたあの人からの電話も、最近はすっかりなくなってしまった。いつまで経っても心を開こうとしない息子に、あの人もついに見切りをつけたのだろう——そう思っていた。

でも、電話がかかってこなくなった理由は、もしかしたら別のところにあったのかもしれない。

頭の中に最悪の事態を思い描く。鼓動が高鳴るのがわかった。そんな普通の反応を示した自分に少なからず驚く。もしあの人が死んでも、自分は涙ひとつ流さないだろう——ずっとそう思ってきたのに。

五年ぶりの我が家は庭の雑草も伸び放題、外壁も陽に焼けて変色し、ずいぶんとみすぼらしい姿に変わっていた。

呼び鈴を押すが返答はない。続けて三度押しても、結果は同じだった。自宅の鍵と一緒にキーホルダーに取りつけてあった合鍵を取り出し、玄関の扉を開ける。

開けた途端、家の奥からすえたにおいが漂ってきた。鼻が曲がりそうになるほどの悪臭に咽せ返る。

玄関口は真っ暗で、ほとんどなにも見えない。僕は手探りで壁のスイッチに手を伸ばした。

思わず息を呑み込む。家の中はひどく汚れていた。廊下には空のペットボトルやインスタント食品の空き容器が無造作に散らばっている。なんだかよくわからない染みもあちこちに見つかった。

「俺……圭介だけど」

ぶっきらぼうな声を出したが返事はない。家の中はしんと静まり返ったままだ。

廊下はあまりにも汚く、靴を脱ぐことさえためらわれた。しかし、だからといって土足で家の中へ上がり込むことには抵抗があった。僕は明らかな異常事態に動揺しながら、つま先立ちで廊下を進んだ。

「なあ、どこにいるんだよ？」

悪臭はますます強くなる。息を吸い込むだけで、頭の芯が痺れていくような気がした。ぐちゃり、と気色悪い音が響く。なにかを踏みつけたらしい。粘り気のある液体が靴下に染み込んだ。

「勘弁してくれよ……もう」

愚痴をこぼしながら、さらに先を急ぐ。台所に続くドアが開けっぱなしになっていた。人の気配を感じ、そっと中を覗き込む。

「……そこにいるの？」

暗くてよくわからない。壁の照明スイッチに手をかけたが、蛍光管が切れているのか、明かりは灯らなかった。

ポケットからスマホを取り出し、ライトを点灯させる。

「…………！」

照らし出された光景に、僕は声にならない悲鳴をあげた。

冷蔵庫の前に人が横たわっている。昔、僕が母と呼んでいた女性だ。

死んじゃえ！　この世から消えてなくなっちゃえ！

幼い頃の僕の言葉がよみがえる。

圭介、死ねなんて軽々しく口にしたらダメ。言葉にはね、言霊という不思議な力があって……。

見るも無残に変わり果てたその人の姿に、僕はただ茫然《ぼうぜん》と立ち尽くすことしかできなかった。

現在1

ペンキの剥がれたベンチに腰かけ、めまぐるしく形を変えていく入道雲をぼんやり眺める。ただ座っているだけなのに、全身からはとめどなく汗が噴き出した。ワイシャツが肌に貼りつき、不快極まりない。

今年の夏はやたらと暑い。

初盆を終え、自宅へ戻る途中で立ち寄ったいつもの公園。

本堂の暑さにやられたのか、少し頭痛がした。法要の間、数台の扇風機がフル回転していたが、そんなものは焼け石に水――なんの役にも立たない。お母さんの大好物を持ってきましたよといって、美鈴が仏前に供えたチョコレートは、暑さに耐えきれず、お経を読み終わる頃にはドロドロに溶けてしまっていた。

寺の住職はこのあたりで知らないものはいないほどのケチだ。エアコンを設置してほしいと何度口にしたかわからないが、仏様に失礼だからの一点張りでいっこうに改善される様子はなかった。

このままだと、そのうち熱中症で倒れる者も出てくるだろう。仏様の数を増やしてひと儲け企《たくら》んでいるのではないかと、本気で疑いたくもなってしまう。

「おとーやん」

大きく成長したひまわりの間から、小さな顔がこちらを覗き込む。

「ねえ、おとーやんってば」

暑さのせいもあったのだろう。甲高いその声に、僕は軽い苛立ちを覚えた。

「おとーやんってば！　聞こえないの？」

「ああ、ゴメン。キョンちゃん」

油断すると表面に現れそうになる悪感情を懸命に押し殺し、僕は彼女の名を呼んだ。

「おとーやん……おてらのこと、まだおこってんの？」

平常心を保っているつもりだったが、キョンちゃんにはこちらの不穏な空気が伝わったらしい。眉を八の字に歪め、悲しそうな表情を浮かべる。

法要の最中、暑さに耐えきれず駄々をこね始めた彼女を、僕は強く叱りつけた。

ばかばかばかっ！

彼女は手足をばたばたと動かし、ヒステリックに叫び続けた。

おとーやんなんてしんじゃえっ！

そのひとことに僕はカッとなり、右手を上げた。美鈴に制止されなければ、そのまま頬を叩いていたに違いない。

やめてよ、圭介。

僕の行為を非難した美鈴に対し、
おまえには関係ないだろう？

僕はそう吐き捨てた。怒りと悲しみとそして哀れみが綯《な》い交《ま》ぜになった彼女の複雑な表情は、鋭い刃物となって今も僕の心に突き刺さったままだ。

美鈴と別居生活を始めてすでに三ヵ月が経つ。

どうしてこんなことになってしまったのか？　ほかに解決策があったのではないか？

自分を問い詰める日は今も変わらず続いていた。

「ねえ、おこってんの？」

黙り込んだままの僕に、キョンちゃんは同じ質問を繰り返した。

「いや……怒ってないよ」

そう答えると、

「よかった」

彼女は胸に手を当て、嬉しそうに笑った。

「じゃあ、おとーやん。あそぼ」

ひまわりの太い茎《くき》を左右に揺らしながら、舌足らずな口調でいう。

「ああ、いいよ。なにして遊ぶ？」

ベンチから立ち上がり、僕は彼女に近づいた。

「かくれんぼ。おとーやんがオニね」

キョンちゃんはそういうなり、ひまわりの向こう側に姿を隠した。

この季節になると公園に造られるひまわりの迷路を、彼女はとても気に入っている。最近はここでのかくれんぼが日課となっていた。といっても、オニはいつも僕。彼女は隠れるのが専門だ。

ため息がこぼれ落ちそうになるのを、慌ててこらえる。どこで誰が見ているかわからない。大変だねえ、と近所の人に同情されるのはイヤだった。

ちっとも大変なんかじゃないぞ、と自分に強くいい聞かせる。いい聞かせようとしている時点で、それが本心でないことは明らかなのだが、そのことには気づかないふりをして、懸命に己を騙そうとした。

キョンちゃんを追いかけるため迷路に足を踏み入れようとしたそのとき、背後からパタパタと小走りで駆ける足音が聞こえた。振り返ると、顔見知りの女の子がマルチーズに引っ張られてこちらに近づいてくる。

「キョンちゃんのおじちゃん、こんにちは！」

女の子は立ち止まり、僕に笑顔を向けてきた。

「あれ？　今日は一人？」

マリちゃん――確か、そんな名前だったと思う――に尋ねる。いつもは母親と一緒にいるはずだが、どこにも姿が見当たらない。

「ジュンくんのママとおしゃべりしてるよ。あるくのおそいからおいてきちゃった。どうしておとなは、おしゃべりしながらはしれないんだろうね？」

子供らしい発言に苦笑する。全力疾走しながら笑顔でおしゃべりを続ける大人がいたら、それはもはやホラーの領域だ。

「あのねあのね。マリ、きょうよーちえんでこーんなにおおきいスイカをたべたんだよ」

両手を大きく広げ、マリちゃんは嬉しそうにいった。まだまだ走り足りないらしいマルチーズが、ぐいぐいとリードを引っ張って咽せ返っている。

「タネがいっぱいはいってて、それをぷぷぷぷうってとばしっこしたの。マリのタネがいちばんよくとんだんだよ」

身振り手振りで今日の出来事を一生懸命説明する彼女の瞳は、まぶしいくらいに光り輝いていた。経験することすべてが新鮮に感じられる年頃なのだろう。毎日同じことばかり繰り返している僕から見れば、羨ましいことこの上ない。

「おとうやん、もういいよーっ！」

ひまわり畑の奥からキョンちゃんの声が聞こえた。

「あ、キョンちゃん！」

マリちゃんの表情がさらに明るくなる。

「キョンちゃん、ひまわりの迷路の中にいるの？」

「あ……うん」

ためらいがちに僕は答えた。

おしゃべりがようやく一段落したのか、マリちゃんの母親が公園内に入ってくる。僕に向かって小さく一礼した。彼女の表情は少々ぎこちない。

「マリね、キョンちゃんのことだーいすきっ！」

ひさしぶりに彼女の声を聞いて嬉しくなったのか、マリちゃんは興奮気味にしゃべった。

「だって、キョンちゃんおもしろいんだもん。この前だって――」

「マリ、やめなさい」

近づいてきた彼女の母親が言葉をはさむ。やんわりとした口調だったが、その表情はわずかに険しい。

「キョンちゃんと遊んでくるね」

なんら悪びれた様子もなく、マリちゃんは母親に飼い犬を預けると、ものすごい勢いでひまわり畑へと飛び込んでいった。

「……すみません」

僕は頭を下げ、その場に立ち尽くす母親に小声で謝った。決して態度には出さないが、自分の娘がキョンちゃんと親しくなることに良い印象を持っていないのは明らかだ。もしも立場が逆だったら、僕だって同じ反応を示しただろう。

「見事に咲き揃いましたね」

笑顔をとり繕《つくろ》いながら、彼女はいった。

「……え？」

なんのことかわからず訊き返す。

「ひまわり。昨日まではまだつぼみばかりだったから」

「あ、ああ……そうですね」

「……………」

「……………」

気まずい沈黙が漂った。申し訳ないという思いばかりが先行し、それ以上、なにも口にすることができない。

「……すみません。そろそろおいとまします」

沈黙に耐えられなくなり、僕は彼女の前を離れた。

すみません。午後から病院に連れて行かなければならないので、早退させてください。

すみません。私がうっかり目を離してしまったせいで、皆様に大変なご迷惑をおかけしまして。

すみません。ちょっと興奮してしまったみたいで。すぐにおとなしくさせますから。

最近の僕は謝ってばかりだ。ひまわりの迷路を歩きながら、深いため息をつく。今なら誰にも見られていない。

「……もう限界だよ」

ぼそりとそう呟く。

おとーやんなんてしんじゃえっ！

キョンちゃんにいわれたあのひとことは、どうやら僕にとって相当なダメージだったようだ。

誰のおかげで生活できてるかわかってるのか？　俺が死んじまったら、困るのはおまえなんだぞ。

どす黒い感情が心の奥底から湧き上がってくる。

「あんな奴……俺の目の前から消えていなくなっちまえばいいのに……」

奥歯を強く噛みしめながら、僕は悪態をついた。もしかしたら、感情に任せて「死んでしまえ！」と叫ぶよりも痛烈な言葉だったかもしれない。それくらい僕は追い詰められていたのだ。

「うわあ、キレイ！」

ひまわりの壁の向こう側から別の親子の声が聞こえた。

「ねえ、見て見てこのひまわり畑。すごくない？」

「うわあ。ホント、めちゃくちゃキレイだね」

どうやら、僕以外の人たちにはこの風景が感動的なものとして映っているらしい。だが、僕はなにも感じない。目の前にあるのはたくさんのひまわり――ただそれだけだ。

花がキレイだとか、空が青いとか、そんなことにいちいち感動している余裕なんて、今の僕にはなかった。

顔見知りの男の子が三人、僕の横を駆け抜けていく。ベンチに座ってぼんやりしているうちに、どうやら子供たちの集まる時間帯になってしまったらしい。

できれば、近所の人たちとはあまり顔を合わせたくなかった。笑顔で挨拶を返してはくれるものの、内心僕たちのことを疎んじていることは間違いない。

僕は歩くスピードを速めた。迷路の出口はいくつかあり、そのひとつは鬱蒼《うっそう》と茂ったブナ林と隣り合っている。林を通れば、誰とも顔を合わせずに公園から脱け出すことができた。キョンちゃんを見つけたら、そのルートですぐにアパートへ戻ろうと心に決める。

だが、キョンちゃんはなかなか見つからなかった。出口にたどり着いてしまったため、いったん迷路の外へ出て公園全体を見渡した。それでも、彼女の姿は見当たらない。

あんな奴……俺の目の前から消えていなくなっちまえばいいのに……。

先ほど口にした自分の失言を思い出す。

言葉にはね、言霊という不思議な力があって……。

同時に、あの人の言葉が僕の脳裏を不快に震わせた。

反抗期を迎えると、子供はたいてい親を鬱陶しく思うものだ。僕も例外ではなかった。その人が母親だと思うだけでイラついた。口を利くのもイヤだった。

親に対する嫌悪感は、たいていは一過性のものらしい。死ねババアと母親のことを口汚く罵っていた友人が、数年経って家族で仲睦《なかむつ》まじく歩いているのを見て、ひどく驚いたことを覚えている。

でも、僕の場合は違っていた。成人して大人の称号をもらったあとも、社会人になって独り立ちしてからも、母親に対する気持ちに変化はなかった。

大学進学をきっかけに家を離れたのも、これ以上あの人と一緒にいたくなかったからだ。大学はバスと電車を使えば充分に通える距離にあったが、あれこれと理由をつけて母を説得し、僕は一人暮らしを始めた。

盆と正月以外はほとんど家に帰らなかった。母からは頻繁に電話がかかってきたが、忙しいからといっていつも適当にあしらった。

なぜ、こんなふうになってしまったのだろう？

理由はわかっている。

母は滅多に感情を露にすることのない人だったが、僕がカッとなり「死んじゃえ！」と叫んだときだけは声を荒らげて怒った。

そのような経緯があったからこそ、今から二十五年前──妹が亡くなった夜に起こったアクシデントは僕にとって絶対に忘れることのできない出来事となった。

二十五年前。夏休みが迫った七月初旬の蒸し暑い日の夕方。

僕はまだ九歳になったばかりだった。

過去1

灰色の粉に変わってしまった妹を見て、僕は死がどのようなものであるかを初めて正確に知った。

妹がいなくなって悲しい、という感情はとくになかった。いつもガラス越しにしか会わせてもらえなかったのだから、それも仕方がない。

僕が三歳のとき——妹が生まれて間もない頃、父は急性心不全で亡くなった。駆け落ち同然で結婚した二人だったため、母は誰にも頼ることができず、それからたった一人で家計を支えてきたらしい。

母はいつも仕事に追われていた。仕事のない日は、先天性の免疫不全症を抱えて入退院を繰り返していた妹の世話ばかり。僕はいつも放ったらかしだった。

僕は母に愛されていないのではないか？　ずっとそんな不安を抱えて生きてきた。妹が亡くなり、これでようやく母を独占できると期待したのは当然の流れといっていいだろう。

火葬場から戻ってきた僕は、母とひとことも言葉を交わすことなく、自分の部屋に閉じこもった。

机に頬杖をつき、ぼんやり窓の外の風景を眺める。西の空は夕焼けで真っ赤に染まっていた。鉄塔の横に幽霊みたいに透けた三日月が浮かんでいる。鉄塔と三日月――その組み合わせは巨大な怪物がバナナを狙っているようにも見えた。

妹はバナナが大好きだった。最後に母の手からバナナをひと口食べて息を引き取ったと聞いている。

死ぬ直前に食べたバナナは一体どんな味がしたのだろう?

三日月を眺めながら、僕はそんなどうでもいいことばかり考えた。

棺《ひつぎ》にバナナを入れながらむせび泣いた母の姿を思い出す。火葬場から戻ってくるときも、母はタクシーの中でずっと涙を流し続けていた。たぶん今も、父の仏壇の前で泣いているに違いない。

そうだ、悲しんでいるお母さんを慰めてあげよう。

僕は立ち上がった。

そうすればきっと、僕のことだって好きになってくれるはずだ。

ハンカチを手に取り、母のいる居間へと向かう。悲しみにくれる母の前で大きな音を立てるのは申し訳ないと思い、忍び足で居間に近づいた。

ふすまの向こうから二人の会話が漏れ聞こえた。一人は母、もう一人はあべのおばちゃんだ。母のことを心配してわざわざ訪ねてきてくれたのだろう。

おばちゃんは陽気で明るく、道で出会ったときにはいつも面白い話をして、僕たちを楽しませてくれる。おばちゃんならきっと、落ち込んだ母を元気づけられると思った。

「モモコさん。ケイちゃんは？」

おばちゃんが尋ねる。

「圭介？　……火葬場から帰ってきてすぐ自分の部屋に……。たぶん……眠ってるんじゃないかしら？」

ぼそりぼそりと囁くように母は答えた。

ううん、起きてるよ、お母さん。

そう口に出そうとして、ふすまに手をかけた瞬間、母は次の言葉を口にした。

「圭介が……死んじゃえば……よかったのに……」

雷に打たれたかのような衝撃が全身を貫く。母がなにをしゃべったのか、すぐには理解できなかった。

ここにいてはいけない。こっそり部屋に戻らなければ。そう思うのだが、膝はがくがくと震えるばかりで、まるでいうことを聞いてくれなかった。

「……圭介？」

僕の気配に気づき、母がふすまを勢いよく開ける。

「ごめんなさい……ごめんなさい……ごめんなさい……」

僕は同じ言葉を繰り返し、ただ泣きじゃくることしかできなかった。

現在2

夕方になり、公園は大勢の親子連れでにぎわい始めた。

目の合った何人かが僕に小さく会釈する。周囲にいるのは小さな子供とその母親ばかり。ぱっと見た限り、男性は僕一人だけだった。自分がひどく場違いなところにいるような気がして、なんともいたたまれない気分になる。

砂場、ブランコ、花壇……キョンちゃんが立ち寄りそうなところはすべて捜したが、それでも彼女は見つからない。

「どうかしましたか?」

この公園でよく顔を合わせる女性の一人が声をかけてきた。厚意だということはわかっている。だけど大ごとにはしたくなかったので、僕は「いえ、べつに」と素っ気なく言葉を返した。

逃げるようにその場を離れ、再びひまわりの迷路に飛び込む。運よくマリちゃんと顔を合わせたので、「キョンちゃんを見かけた?」と訊いてみた。

「ううん」

マリちゃんは首を横に振って、おちょぼ口をさらに小さくつぼめた。

「あちこちさがしたけどみつからない。キョンちゃん、どこへいっちゃったんだろう?」

彼女の返答に、不安な気持ちがむくむくと膨《ふく》れ始める。

「キョンちゃーんっ！　どこーっ!?」

大声を張りあげるマリちゃんのそばを離れ、もう一度迷路内を調べて回った。今度は出会う子供たち一人一人にキョンちゃんの容姿を伝えて見かけたかどうかを確認したが、僕の期待するような答えは返ってこなかった。

出口でUターンして引き返してくると、迷路のちょうど真ん中あたりに母親たちが集まっていた。中心にいるのはマリちゃんだ。マリちゃんが大声で叫び続けたため、何事かと大人たちが集まってきたらしい。

「見つかりましたか？」

いちはやく僕の姿に気づいたマリちゃんの母親が早口で尋ねた。大ごとにはしたくなかったが、こうなっては仕方がない。いや、みんなの顔色をうかがって臆病《おくびょう》になっている場合ではないだろう。なにかあってからでは遅いのだ。僕は近所の人たちの協力を仰ぐことにした。

「十分ほど前に、この迷路に入ったところまでは確認しているのですが……。そのあと、どなたか見かけませんでしたか？」

動揺を抑えながら、誰にともなく尋ねる。その場に集まった人たちはたがいに顔を見合わせ、それぞれ困ったような表情を浮かべた。

「気づかなかったわねえ。キョンちゃんなら、遠くからでもすぐにわかるはずだけど……」

よく見かける母親の一人が答える。

彼女のいうとおり、キョンちゃんは目立つ。今日は黄色いワンピースを身につけていたからなおさらだ。ひまわりの迷路を脱け出し、公園を横切ったなら、間違いなく誰かの目に留まっただろう。

迷路内には見当たらない。公園の中でも目撃されていない。ということは……。

「もしかして、林のほうから公園の外へ出て行っちゃったのかも」

マリちゃんの母親も僕と同じ結論に達したらしい。

迷路の出口近くにはブナの木が生い茂っている。林の中は薄暗くじめじめしているし、先日の雨で足もとがひどくぬかるんでいるため、好きこのんで近づく者などいない。その中に潜り込めば、誰にも気づかれず公園の外へ脱け出すことができたはずだ。

大変だ。

心臓をつかまれたみたいに、胸のあたりがきゅっと苦しくなった。

公園から東へ数十メートル移動したところには、交通量の多い国道がある。もし、道路に飛び出したりでもしたら……。

「すみません、お騒がせしました。林のほうを捜してきます」

僕はそういって、みんなの前を離れた。迷路を飛び出し、林の中へ飛び込む。

「キョンちゃん！」

名前を呼んだが返事はない。

「キョンちゃん、かくれんぼはおしまいだ。お腹が空いただろう？　早く出ておいで」

泥が跳ねてスラックスの裾が汚れたが、そんなことにかまってなどいられなかった。足を滑らせないように気をつけながら林の中を突き進む。

林は思ったよりも狭く、すぐに公園の外へと出てしまった。振り返り、もう一度林の中を確認するが、やはりそれらしき人影は見当たらない。

救急車のサイレンが耳に届いた。全身から血の気が引く。サイレンは徐々にこちらに近づき、すぐ近くで止まった。おそらくこの先の国道あたりだ。

まさか、そんな。

無事でいてくれ。

祈る気持ちで国道へと急ぐ。

——あんな奴……俺の目の前から消えていなくなっちまえばいいのに。

確かに、僕はそう呟いた。キョンちゃんを疎ましく感じているのは事実だ。彼女がこの世からいなくなったら、どれだけ救われるだろう？　と考えなかった日はない。

だけど、実際にそうなってみるとひどく動揺した。本心は消えてほしくないと思っているのか、それとも自分のせいでなにかあったら後味が悪いと感じているのか、そのあたりは自分でもよくわからなかった。

自分のせいでなにかあったら後味が悪いだって？　血の繋がった親子だというのに……彼女のことが心配じゃないのか？　君はとんでもないろくでなしだな。

僕の本心を知って、そんなふうに憤る者がいたとしたら、おそらくそいつは家族に愛されてぬくぬくと育った幸せな人種なのだろう。

僕は大切な感情の一部が欠落している。娘を授かったときも、表面上は大喜びしながらも、そんな自分を白々しく眺める——冷めきったもう一人の自分を感じていた。

親に愛されなかった子供は、大人になったとき自分の子供を愛せなくなるという。僕は母親に愛されなかった。だから、こんなろくでなしになってしまった。たぶん、そういうことなのだ。

交差点には人だかりができていた。そのそばに救急車が停まっている。道路脇に人が横たわっているのが見えた。

「すみません。ちょっと通してもらえますか？」

野次馬を押しのけ、人だかりの最前へと進む。今まさに担架に乗せられようとしていたのは、ひどく痩《や》せた老人だった。握っただけでぽきりと折れそうなくらい、腕や脚が細い。

野次馬の会話から、事故ではなく、信号待ちの途中で急に倒れたことがわかった。おそらく熱中症だろう。

救急車で運ばれていったのがキョンちゃんでないとわかりほっとしたものの、胸の中はまだもやもやしたままだった。不安な感情はまったく薄れることがない。

夕方近くになって多少は気温も下がったのだろうが、暑いことに変わりはない。健康体の僕でさえ、ちょっと走っただけで頭が痛くなった。おそらく軽い脱水症状を起こしているに違いない。キョンちゃんなら、この暑さにあっという間にやられてしまうだろう。

早く彼女を見つけなくては。

僕は国道を離れ、自宅へ向かった。もしかしたら、キョンちゃんはアパートに戻ったのかもしれない。

とめどなくこぼれ落ちる汗を繰り返し拭いながら、路地を曲がる。

電柱の陰にうずくまって泣いている幼い女の子を見つけた。小さく丸まった背中はキョンちゃんによく似ているが、彼女ではない。

「あかちゃんが……あかちゃんがいなくなっちゃったよお」

女の子の言葉にドキリとする。

「お人形なら新しいのを買ってあげるから。いつまでもこんなところにいたら、あなたのほうが病気になっちゃうわよ。早くおうちへ帰りましょう」

日傘をさして女の子の横に立っていたお母さんらしき人が、困った顔で彼女にいう。

見るからに涼し気なアジサイ柄の日傘には覚えがあった。先ほど、公園のベンチにぼんやり腰かけているときに見かけた気がする。見慣れた顔ではないので、今日たまたまあの公園へやって来た親子なのだろう。

「イヤだっ！　いまごろ、あかちゃんさみしがってるもん！　ママにあいたいってないてるもん！」

女の子は座り込んだまま、乱暴に両手を振り回した。

「あの……どうかされましたか？」

僕は二人に近づいた。普段なら、絶対にそんなお節介を焼いたりはしない。だが、その親子の足もとが、僕と同じように泥で汚れていることが気になった。

「ああ……いえ、たいしたことではないのですが」

ひまわりの迷路内。太陽の光を浴びて熱くなった人形を地面に寝かせ看病していると突然、目の前に見知らぬ人が現れ、その人形をひったくっていったのだ、と日傘の女性は説明した。

ひったくり犯はブナ林に飛び込んで、そのまま逃げてしまったらしい。慌ててあとを追いかけたが、見失ってしまったという。

「正直、奪われたのが人形でよかったとホッとしています。もし、この子になにかあったらと思うと……」

電柱の張紙を見つめながら、彼女はいった。そこには毛筆体で〈不審者に注意！〉と大きく記されている。

最近、幼い子供のあとをつけまわしたり、親しげに声をかけたりする怪しい人物が、このあたりに出没していることは近所の噂で知っていた。公園に集まる母親たちもみんな、得体の知れない不審者に神経をぴりぴりととがらせている。

キョンちゃんの顔が脳裏に浮かんだ。心臓が早鐘《はやがね》を打ち鳴らす。

僕は二人に会釈をすると、その場を離れた。

事故……熱中症……心配なのはそれだけではない。不審者の存在。それは僕にとっても決して他人事ではなかった。警察沙汰になるようなことは絶対にあってはならない。

いや、縁起でもない。

僕は激しく頭を振った。

キョンちゃんはきっとアパートに戻っているはずだ。施錠されて中には入れないから、ドアにもたれかかってふてくされているに違いない。あるいは、歩き疲れて気持ちよく眠っているのかも。

頭の中がキョンちゃんのことでいっぱいになる。自分は相当クールな性格だとこれまで思ってきたが、彼女の姿が見当たらないだけでこんなにも取り乱してしまうことに驚いた。

とはいえ、キョンちゃんを本気で心配しているわけではないのだろう。ただ、彼女の身になにかあったとき、監督不行き届きだと周りから責められることを恐れているだけだ。そうに決まっている。

懸命にそのように思い込もうとしている自分に、少なからずの違和感を覚えた。

一体、僕はなにをムキになっているのだろう？

親から愛情を受け取らなかった僕に、愛情を与えることなんてできるはずがない。

あの日、家出した僕をあの人は捜しに来てはくれなかった。あの人の冷血な血を受け継いでいるのだ。だから、僕もあれくらいクールになればいい。

僕が家を飛び出したのは、夏休み直前だった。妹が亡くなった日からそれほど離れていなかったと思う。

喧嘩の原因がなんであったかはもう忘れてしまった。母に対する不満が溜まりに溜まった結果だったに違いない。いつかこんなことになるだろうと、薄々予感していたような気もする。

あんなにも泣きわめいたのは、たぶんあれが最初で最後だったはずだ。

過去2

死んじゃえ。

そのひとことが母の癇に障ったらしい。平手打ちが僕の顔にとんだ。

左の頬がじんと痺れ、同時に頭の芯が熱くなる。殴られたのは生まれて初めてだった。

ばかばかばかっ！

僕は喉が張り裂けんばかりの大声で母を罵った。

おまえなんてお母さんじゃないや！

母にとって大切なのは妹だけ。僕は厄介者なのだと思った。

圭介、死ねなんて軽々しく口にしたらダメ。

口調こそ穏やかだったが、母の表情は険しかった。吊り上がった目。への字に結ばれた口。まるで鬼みたいだ。これまでそんな母を見たことなど一度もなく、だからますます僕は卑屈になった。

言葉にはね、言霊という不思議な力があって……。

うるさい！

母の言葉をさえぎる。

何度でもいってやる！　……死ねばいいんだ！　死んじゃえ！　この世から消えてなくなっちゃえ！

精一杯の悪態をつき、僕は衝動的に家を飛び出した。

数十メートル走ったところで立ち止まり、後ろを振り返る。しかし、そこには誰もいなかった。

……どうして？

心のどこかで母が追いかけてくることを期待していた僕は、絶望に打ちのめされた。

家を出た直後、電話のベルが鳴ったような気がする。なにか緊急の用件があり、母はやむを得ず電話を手に取ったのかもしれない。僕は無理やり、そう思い込むことにした。そうしなければ、すぐにでも心が壊れてしまいそうだった。

涙を拭きながら、夕方の路地を走る。

妹ばかりかまって僕のことはいつも放ったらかしな母だが、それでも心の底ではきっと愛してくれているのだろう——ずっとそう信じて生きてきた。だけど、頬の痛みがそれを否定する。

どこをどう走ったかは覚えていない。気がつくと、僕は小学校裏の丘で膝を抱えてうずくまっていた。

母の恐ろしい表情が、頭の中で繰り返し再生される。身体の奥に溜まったどす黒い感情を吐き出そうと必死で大声をあげたが、その程度で毒が消えるはずもなかった。

僕はお母さんに愛されていないのだ。

薄々感じてはいたものの、目の前にいきなり突きつけられたその真実は、九歳の僕にとってなかなか受け容れにくいものだった。

一体どれだけの時間、泣き続けただろう？　泣き疲れて涙も出なくなり、僕はようやく顔を上げた。夕陽が僕をまぶしく照らす。

涙で体内の水分を使い果たしてしまったのか、ひどく喉が渇いた。冷たいアイスが食べたい。いや、自分自身がアイスになりたいと思った。太陽の光を浴びてこの世から溶けて消えてしまえば、きっとこの苦しみからも解放される。僕がいなくなれば、母も喜ぶに違いない。

僕は膝を抱えたまま、ぼんやりと夕焼け空を眺め続けた。

やがて夜が訪れた。

普段、誰も立ち入ることのない寂れた丘には当然、外灯なんて存在しない。遠くに街の明かりがぼんやりと見えるだけだ。

四方八方が闇に包まれる。伸ばした手の先が見えなくなるくらいあたりは真っ暗だった。空にはたくさんの星が瞬《またた》いていたが、だからといって手もとが明るくなるわけではない。

生暖かい南風が吹き、同時に木の枝ががさがさと音を立てた。びくんと身体を震わせる。まるで誰かがそこにいて、枝を揺らしているみたいだ。風の悪戯だとわかっていても恐ろしく感じた。

刃物を持った殺人鬼が、息を押し殺しながらじっとこちらを見つめているのではないか？　お腹を空かせた熊や狼《おおかみ》がいきなり襲いかかって来るのでは？　お化けが現れたらどうしよう？　恐ろしい妄想はどんどんとエスカレートしていく。

突然、汽笛のような騒音が僕のすぐ近くで聞こえた。

「うわあっ！」

大声をあげて立ち上がる。その場から逃げ出そうとしたが、恐怖で足がもつれ派手に転んでしまった。

鳥の羽音があたりに響き渡る。僕の悲鳴に驚いて飛び立ったのだろう。汽笛に似た音はその鳥の鳴き声だったらしい。

ほっと胸を撫で下ろし、立ち上がろうと地面に両手をつく。右の手のひらになにか小さくて固いものが触れた。握りしめ、顔の前に近づける。手を開くと、そこには星型のキーホルダーがあった。去年の誕生日に、母が自転車と一緒にプレゼントしてくれたものだ。キーホルダーの先には自転車の鍵がぶら下がっていた。どうやら、ズボンのポケットに入れたままだったようだ。転んだ瞬間にポケットから転がり落ちたのだろう。

キーホルダーの星の部分には小型のライトが埋め込んであった。星の中心を指先で軽く押すと点灯する仕組みだ。

僕はライトを灯した。僕の周囲がほんの少しだけ明るくなる。光量が少なすぎてほとんどなんの役にも立たなかったが、オレンジ色の温かな光は不安に押しつぶされそうになっていた僕の心を安心させてくれるだけの力を備えていた。

ライトを灯したまま、大木の幹にもたれかかる。キーホルダーの放つ光に励まされながら、僕はその場所で一夜を過ごした。

夜空に浮かぶたくさんの星を線で繋いで新しい星座を作ったり、当時夢中になっていたテレビアニメの主題歌を片っ端から歌い続けたりして時間をつぶす。途中、何度かうとうとしかけたが、やはり緊張していたのだろう——結局、朝まで眠りに落ちることはなかった。

僕を取り囲む闇が薄れ、東の空が明るくなり始めると、ようやくほっとすることができた。気が緩んだのか、途端にお腹が空き始める。喉もカラカラだ。

カリカリに焼いたベーコンが食べたい。冷たいオレンジジュースもほしかった。ひと晩中、硬い木の幹にもたれかかっていたせいで身体のあちこちが痛い。お腹がいっぱいになったあとは、柔らかなベッドでぐっすりと眠りたかった。

うちに帰ろう。

そう心に決めて立ち上がる。

お母さんは僕のことがあまり好きではないのかもしれない。でも、そうはいっても僕たちは親子だ。いつまで経っても帰ってこない僕を心配して、今頃ひどくうろたえているのではないだろうか？

早く家に戻って、お母さんを安心させてあげよう。

僕ははやる気持ちで家路を急いだ。

もしかしたら警察沙汰になっているかもしれない。家の前にたくさんパトカーが停まっていたらどうしよう？　お母さんをあまり心配させるんじゃないよ、と警察の人に怒られたら素直に謝るしかないだろう。

そんなことを考えながら、息を弾ませ自宅まで戻ってくる。予想に反して、家の前はひどく静かだった。

母に会うのが気まずく、音を立てずに玄関の扉を開ける。廊下の突き当たりからテレビの音が漏れ聞こえてきた。人気俳優の不倫騒動についてあれこれしゃべっている。いつも母が見ている朝のワイドショー番組だった。

お腹がぐうと情けない音を立てた。母と顔を合わせるのは気まずかったが、空腹には勝てない。僕はためらいがちに廊下を進んだ。

居間のドアが開いて母が姿を見せる。

一体、今までどこへ行っていたの？

ものすごい剣幕で怒られると思い、僕は首をすくめてうつむいた。まともに視線を合わせることなどできなかった。

「ああ、圭介……いたの？」

……え？

自分の耳を疑った。息が止まる。

「お母さん……ちょっと出かけてくるから」

母は感情のこもらぬロボットみたいな口調でそういうと、僕の横をすり抜けて玄関へと向かった。

　靴を履く母の後ろ姿をじっと見つめる。

　僕が家出したことを怒ってるの？　だから、そんな素っ気ない態度をとるの？　母に疑問を投げつけたいが、まったく声が出ない。

　それとも……僕が家出したことなんて、気にも留めていなかったの？

　玄関の扉がぴしゃりと音を立てて閉まる。それが言葉に出せなかった僕の疑問に対する母の回答のような気がした。

　僕のことなんて……本当にどうでもよかったんだ。

　その事実に打ちのめされる。だけど、もう泣きわめくようなことはなかった。そんな感情すら湧き起こらない。僕の心は空っぽだった。

　ダイニングの椅子に座り、菓子パンを頬張る。味などまったくわからない。

　テレビからお笑い芸人のおどけた声が聞こえてくる。僕が家出したことなど気にも留めず、母はいつもと同じようにワイドショーを見ていたのだろうか？

　芸人がジョークを口にして、乾いた笑い声があたりに響いた。つられて僕も笑う。同時に涙がこぼれ落ち、僕の両頬を濡らした。

現在3

アパートにたどり着いても、キョンちゃんは見つからなかった。

建物の周りもひととおり捜してみたが、行方を示す痕跡はひとつもない。アパートの住人によけいな気遣いをさせたくはなかったので、大声で名前を呼ぶことはやめておいた。

捜索をひとまず打ち切り、自分の部屋へ戻る。ドアを開けた途端、この家特有のなにおいが漂ってきた。湿度が高く、熱気がこもっているため、その悪臭はいつも以上に強烈だ。

僕は息を止めたまま廊下を進み、リビングの窓を勢いよく開けた。ベランダでは昨夜干してそのままになっていた洗濯物が悲しげに揺れている。

慌てて洗濯物を取り込み、ソファの上に積み上げた。テーブルの上に放り出したままだった朝食の食器をキッチンまで運び、洗い物を始める。

馬鹿。俺はなにをやってるんだ?

洗剤で泡まみれになった手を眺め、己に悪態をつく。

こんなことをしている場合ではなかった。なにかあってからでは遅い。一刻も早く警察に連絡しなければ。

ワイシャツで手を拭い、ポケットからスマホを取り出す。

しかし、そこで僕は動きを止めた。

このまま、キョンちゃんがいなくなってしまえば……。

三ヵ月前。自分一人でキョンちゃんを養っていくと決め、僕は美鈴と別れた。もちろん、大変なことはわかっていたが、それでもなんとかなるだろうと安易に考えていた。

そう——彼女と二人だけで生活していくことは、想像していた以上に過酷なことだった。キョンちゃんの世話にひどく時間を取られ、僕はそれまでのようには働けなくなってしまった。十年以上勤めた会社を辞め、就業規則の緩い職場へ再就職したが、それでも毎日の睡眠不足が解消されることはなかった。

毎日毎日、ただストレスばかりが増えていく。

もし、彼女がいなかったら、どれだけ自由になれるだろうか？

そう考えない日はなかった。

そうだ……このまま、キョンちゃんがいなくなってしまえば……。

悪魔的な思いが脳裏をよぎり、僕はゆっくりとスマホをポケットに戻した。

大丈夫……それほど大騒ぎすることじゃない。あのときの僕がそうだったように、きっと拗《す》ねてどこかに隠れているだけなのだ。

自分自身を騙せるはずもないのに、本音をひた隠しにして、必死でそういい聞かせる。

僕が家出したときのあの人みたいに、親子の関係をばっさり切り捨てることができたなら、僕ももう少し楽になれたのかもしれない。でも、僕は完全な悪人にもなりきれない中途半端な男だった。

もし、キョンちゃんの身になにかあったら……。

迷子になり、泣きじゃくりながら必死に僕の姿を捜している彼女を想像すると、心が激しく揺れた。

心当たりをもう少しだけ捜してみよう……それでダメだったら、そのときに一一〇番通報すればいい。

キョンちゃんはどこにいるのか？　泡立つ食器を眺めながら、僕はあらゆる可能性を検討した。

今日は朝からひどく蒸し暑い。キョンちゃんは暑さが苦手だし、なによりも日に焼けることを極端にイヤがる。長時間、屋外にいるとは考えられなかった。きっと、涼しい場所へ向かったはずだ。

食器を洗う手が止まる。真っ先に思い浮かんだのは美鈴の自宅だった。週に一度、キョンちゃんは美鈴に会うため、彼女の家を訪れる。それが僕と美鈴との間の取り決めとなっていた。

先日、美鈴はキョンちゃんに手作りのフルーツゼリーをふるまったそうだ。キョンちゃんはそのゼリーをとても気に入り、僕にも同じものを作ってほしいとせがんだ。しかし、ご飯すらまともに炊けない僕に、そんなものを作ってあげられるはずもない。仕方なく市販のゼリーを買ってきたのだけれど、これじゃないと突っぱねられてしまった。そのうち美鈴に作りかたを教えてもらうつもりだったが、もしやそのゼリーがまた食べたくなって彼女の家に押しかけたのかもしれない。

もう一度スマホを取り出し、美鈴に電話をかける。コール音を五回聞いたあと、留守番電話サービスセンターに繋がった。最近、フリーライターの仕事が忙しすぎてとぼやいていたことを思い出す。手が離せないのかもしれない。

キョンちゃんの行方がわからなくなったことを簡潔に伝え、僕は電話を切った。

美鈴は自宅で仕事をしているが、忙しいときはドアホンのチャイムを無視することも多い。もしかしたらキョンちゃんの訪問も、新聞かなにかの勧誘だと思って無視した可能性も否定できなかった。

まずは美鈴の家に行ってみよう。

中途半端にしか洗っていない食器をそのままにして、僕は慌ただしく家を飛び出した。

美鈴の自宅は公園をはさんで僕の住むアパートとは逆方向の位置に存在する。同じ市内とはいえ、歩けば三十分以上かかる距離だ。うだるようなこの暑さ。バスを使おうかとも考えたが、途中でキョンちゃんと出くわす可能性もないとはいえない。僕は美鈴の自宅までの道のりを急ぎ足で歩くことにした。

途中、キョンちゃんの立ち寄りそうな場所を調べたりもしたため、美鈴の家にたどり着いたのはアパートを出発してから一時間以上が経過した頃だった。

美鈴の家の周囲にキョンちゃんの姿は見当たらない。スマホをチェックしたが、美鈴からの返答もなかった。

周囲に人の目がないことを確認してから、僕は垣根を乗り越え、庭へと侵入した。建物に近づき、窓の奥を覗き込む。

そこは美鈴の仕事場だったが、中に人影は見当たらない。どうやら、本当に留守のようだ。

「……どちら様ですか？」

背後から聞き慣れぬ女性の声が聞こえ、僕はわずかに身体を痙攣させた。振り返ると、垣根の向こうから怪訝そうにこちらを睨む女性の姿が見える。

「こちらの奥さん、今日は朝から出かけてますけど……」

そう口にしながら、僕の全身をなめ回すように見てきた。ずいぶんと恰幅がよく、相撲をとったら確実にこちらが負けてしまいそうだ。

「そんなところでなにをやってるんですか？　返答次第では警察を呼びますよ」

完全に不審者扱いだった。まあ、勝手に庭に入り込んで家の中を覗いていたのだから疑われても仕方ない。

「あ……ごめんなさい。私……決して、怪しい者ではありませんので……」

庭を離れながら、慌てていい繕う。

「えーと……その……美鈴に……いえ、こちらのお宅の美鈴さんに急用がありまして……」

やましいことなどなにもないのだから堂々と構えていればいいのだろうが、こういうときに限っておどおどしてしまう自分が情けない。

もごもごと口ごもっていると、

「あ。もしかして別れた旦那さん？」

女性のほうから救いの手を差し伸べてくれた。

「え……どうして？」

「だってあなた、キョンちゃんにそっくりだから」

僕は驚いた。まさか初対面の女性の口から、彼女の名前が出てくるとは思わなかった。

「あ、なれなれしくキョンちゃんなんて呼んじゃってごめんなさい。いつもそうやって呼ばないと、キョンちゃん返事してくれないから」

恰幅のよい女性は急ににこにこと愛想をふりまき、僕のほうへ近づいてきた。

「あたし、この隣に住んでて、美鈴ちゃんとは仲良くさせてもらってるの。キョンちゃんとも何度か顔を合わせたことがあって」

「ああ……そうですか」

週に一度、キョンちゃんをここへ連れてくるのは、僕が仕事に出かける前の早朝だし、迎えに行くのは夜遅い時間帯だったので、これまで近所の人とは一度も顔を合わせたことがなかった。

「いつもお世話になっています」

僕は深く頭を下げた。

「なにかとご迷惑をおかけして――」

「迷惑？　ううん、全然」

右手を振りながら、彼女は答えた。

「キョンちゃん、いつもにこにこ笑ってて、すごく幸せそうでね。一緒にいるとこっちまで幸せな気分になってきちゃう」

「そういっていただけると助かります」

「あら、お世辞じゃないわよ。あたしを見るといつでも、パンダしゃん、パンダしゃんっていって大はしゃぎしてくれるんだから」

大きく垂れた目尻は体型と相まって、確かにパンダっぽく見える。

「これでも結婚する前はものすごく痩せてて、プリンセスとか呼ばれたりもしてたんだけどね。自分でいうのもなんだけど、ホント可愛らしかったんだよ。十年前なら、あんたの奥さんにも勝てたと思う。うちの旦那、あたしに向かって詐欺だ、詐欺だっていまだにしつこくいい続けるんだけど、おたがいさまだよね。あたしだって、旦那があんなに禿《は》げるとは思ってなかったし——」

放っておいたら、このまま何時間でもしゃべり続けそうな勢いだ。ここにいてもあまり意味はない。早々に退散して、べつの場所を捜したほうがいいだろう。

とはいえ、美鈴やキョンちゃんと親しくしてくれている女性だ。あまりつっけんどんにもできない。相手の機嫌を損ねないようにこの場を離れる言い訳を考えていると、不意に彼女の口から驚くべき言葉が飛び出した。

「そういえばさっき、キョンちゃんにそっくりな顔を見かけたけど」

「え——ホントですか？」

僕は彼女に詰め寄った。

「どこで？」

「え……なに？　どうしたの？　いきなり、怖い顔になっちゃって」

「どこで見かけたんですか？」

「スポーツジムのそば」

「ジム？」

「ほら。去年、駅前にできたでしょ。もうちょっとお腹を引き締めたくて、春から通い始めたんだけど、さっぱり効果が出なくって――」

「ジムのそばで見かけたんですか？　もっと詳しく教えてください。いつ？　誰かと一緒でした？　元気でしたか？」

彼女のペースに合わせていたら、いつまで経っても本題にたどり着けない。僕はおしゃべりをさえぎり、畳みかけるように尋ねた。

「ジムのあと、友達と〈コロン〉でパフェを食べて、さあそろそろ店を出ようかと立ち上がったときにウィンドウの向こうに見かけたの」

いくらジムで身体を動かしても、そのあとすぐにパフェを食べていたら痩せるはずもない。いや、そんなことはどうでもよかった。

〈コロン〉は僕が物心ついた当時から駅前に存在するレトロな喫茶店だ。キョンちゃんがいなくなった公園からは一キロと離れていない。

「どんな服装でしたか？」

「派手な黄色いワンピースを着てたけど」

間違いない。それはキョンちゃんだ。

「何時頃だったかわかります？」

「ついさっき。〈コロン〉から車で帰ってきて、うちに入ろうとしたとき、あなたを見つけたんだからさ。まだ十分も経ってないんじゃないかな？」

「一人でしたか？」

「じろじろ見てたわけじゃないから、そこまではよくわかんなかったけど。え？　なに？　じゃあ、あれってホントにキョンちゃんだったの？」

事情を説明している時間も惜しい。僕は「ありがとうございます。これからもよろしくお願いします」とだけいって、その場を離れた。

駅のある方向へ全力で走る。

キョンちゃんが駅前にいる理由を、僕はひとつしか思いつくことができなかった。

駅の近くには僕の生まれ育った家がある。キョンちゃんはたぶんそこにいるはずだ。

現在4

全身汗まみれになりながら、実家へたどり着く。

錆《さ》びついた門扉は開いたままになっていた。

「キョンちゃん」

彼女の名前を呼ぶ。耳を澄ましたが返事はなかった。

玄関の扉に手をかける。当然ながら、扉は施錠されていた。

家の中から物音が聞こえた。窓か裏口が壊れていて、そこからキョンちゃんが潜り込んだ可能性も考えられる。僕は合鍵を使って扉を解錠し、すぐさま家の中へと上がり込んだ。

すえたにおいが鼻孔《びこう》を突いた。イヤでも昨年のクリスマス・イブの出来事を思い出してしまう。

ガタン、と再びなにかの揺れ動く音が聞こえた。どうやら、僕の部屋から響いてくるようだ。空き巣の可能性も考え、僕は玄関脇に置いてあった傘をつかんで廊下を進んだ。

傘を握る手に力をこめ、もう片方の手でドアを開ける。

室内に人影はなかった。物音は壁に掛けられたからくり時計から聞こえてくる。小窓から鳩《はと》が顔を覗かせようとするのだが、扉がうまく開かず、そのせいで異音を発していたらしい。

僕が物心つく前から時を刻み続けてきた時計だった。だが、今はでたらめな時刻を示している。ついに壊れてしまったようだ。

無駄な努力を繰り返す鳩から視線をそらし、僕は部屋全体をざっと見渡した。壁には高校生のときに好きだったロックバンドのポスターが、本棚には当時ハマっていた漫画本が一巻から順番に並べられている。一瞬、あの頃にタイムスリップしたような錯覚に囚われた。

勉強机には高校三年生のときの時間割が今も貼りつけられたままだ。懐かしさに目を細めつつ、僕は引き出しを開けた。

一番上の引き出しには、高校時代に使っていた文房具一式が、縦横をきちんと揃えた状態で整然としまわれていた。こんなにも几帳面だっただろうか？　と首をひねる。

「……！あ、これ」

思わず声が出た。ホッチキスとカッターナイフにはさまれるように置かれた青い星型のキーホルダー。あの頃の思い出がこぼれ出し、胸が熱くなる。

それは二十五年前——僕が家出したときに、ずっと握りしめていたライトだった。

あの夜は伸ばした手の先が見えないくらい暗く、僕はライトの光を心の支えに一夜を過ごした。あとから知ったことだが、小学校裏の丘には沼だったり崖《がけ》だったり、危険な箇所がいくつもあったそうだ。もしこのライトがなかったなら、僕はパニックを起こして暗闇の中を走り回り、最悪の場合、命を落としていたかもしれない。

……！あれ？

キーホルダーに触れ、四半世紀前の出来事を思い返すうちに、僕はある違和感に気がついた。

あの夜はなぜ、あんなにも暗かったのだろう？

翌朝、東の空が明るくなるまで、闇が薄れることは一度もなかった。月明かりがあれば、決してそうはならなかっただろう。空には無数の星が瞬いていたから、曇っていたというわけでもない。あの日、月は昇らなかった——そう断言できる。

だけど、それはおかしい。

妹の葬儀を終えて自宅に戻ってきたとき、この部屋の窓から見た月は、妹が好きだったバナナにそっくりな形をしていた。見えた方角や時刻から考えて、あれは三日月だったはずだ。

妹の葬儀から数日後、僕は母と喧嘩をして家を飛び出した。となると、家出した夜の月は三日月よりさらに太くなければならない。でも、そんな月はどこにも存在しなかった。これは明らかな矛盾だ。

顎に手を当てる。

もしかして……僕はなにか大きな勘違いをしているのではないだろうか？

夕方から夜明けまで一度も月が見えなかったのだから、家出をした夜の月は新月だったことになる。

妹の葬儀を終えた夜に見えたのは三日月だ。そのあとに家出をしたのだとばかり思っていたが、僕の記憶が間違っていて、本当は葬儀より二日前の新月の夜に家出をしたのでは？

頭の中が混乱する。

ばかばかばかっ！　おまえなんてお母さんじゃないや！

家出の原因となった母との悶着《もんちゃく》を思い出す。

死んじゃえ！　この世から消えてなくなっちゃえ！

その言葉は母に向けられたものだとばかり思っていた。しかし、一連の騒動が妹の亡くなる前の出来事だったとすると、状況は大きく変わってくる。

封印が解け、今まで脳の奥深くに隠しておいた記憶が一気にあふれ出した。

ばかばかばかっ！　おまえなんてお母さんじゃないや！

母は病弱な妹ばかりにつきっきりで、僕のことはいつだって放ったらかしだった。今になって思えば、仕方のないことだったとわかるが、まだまだ子供だった僕は、母の愛を妹に独り占めされることが我慢ならなかったのだろう。

お母さんはいつも詩織《しおり》のことばっかり。あんな奴、早く死んじゃえばいいのに。

感情に任せてそう叫んだ僕を母は強くぶった。

圭介、死ねなんて軽々しく口にしたらダメ。言葉にはね、言霊という不思議な力があって……。

いつも物静かな母が表情を変えて怒ったことにショックを受け、僕はヒステリックに泣きわめいた。

うるさい！　詩織なんて死ねばいいんだ！　死んじゃえ！　この世から消えてなくなっちゃえ！

そんな悪態をついて、僕は家を飛び出した。

あのとき、自宅の電話がけたたましく鳴り響いたことを覚えている。もしかしたら、あれは妹の入院する病院からの電話だったのかもしれない。あの日、妹の容態は急変したのだろう。母はテレビの電源を切るのも忘れ、病院へ向かったのではないだろうか。

僕が学校裏の丘で泣きじゃくっている間に、妹は亡くなった。翌朝、母は悲しみをこらえながら、諸々の手続きを行なうため、いったん自宅に戻ったのだろう。家出をやめて帰ってきた僕と顔を合わせたのはそのときだ。だとすれば、あのときの母の態度にも納得がいく。おそらく、母は僕が家出してひと晩帰ってこなかったことにまったく気づいていなかったのだ。

葬儀を終え、自宅に戻ってきた母は、今にも消え入りそうな声であべのおばちゃんに心のうちを漏らした。

圭介が「詩織なんて死んじゃえばいい」と口にしたとき、私はつい感情的になってあの子に手を上げてしまった。もっと冷静になることができたらよかったのに……。

ふすまの向こう側で僕が立ち聞きしていることに気づかず、母は続けた。

あの子、詩織が死んだのは自分のせいだと思ってる。どうしよう？

母の言葉に、僕は泣き崩れた。彼女のいうとおりだった。妹が死んだのは自分の心ない言葉が原因だ。言霊が妹を殺した。いや、違う。僕が妹を殺したのだ。

妹が死んだと聞いてから、僕はずっと自分を責め続けていた。

僕は人殺しだ。生きてる価値なんてまるでないろくでなしだ。

自分の犯した罪に押しつぶされ、心が壊れてしまいそうだった。いっそのこと、死んでしまったほうが楽なのではないかとまで考えた。

そんな思いを悟られぬよう、葬儀の最中はずっと感情を押し殺していたつもりだったが、母にはすべて見透かされていたようだ。娘を亡くし、悲しみのどん底にいるときでさえ、母は僕のことを気にかけていてくれたのだろう。

僕の気配に気づき、居間から現れた母は、詩織の死は最初から決まっていたことで、あなたの言葉はまったく関係ない、と僕を慰めにかかった。僕が「死んじゃえ!」と口にする前から、妹の運命は決まっていたのだ、と。

あなたは何も悪くない。だから忘れてしまいなさい。

母の言葉どおり、なにもかも忘れ去ることができたなら、それが一番楽だったのかもしれない。しかし、それはどだい無理な話だ。だから、僕は自分の心が壊れてしまうのを防ぐため、無意識のうちに自分の記憶を改竄《かいざん》し始めた。

勢いに任せて「死んじゃえ」と吐き捨てたのが、妹の亡くなる前だったかあとだったかで、その意味は大きく変わってくる。だから僕は、家出した日の出来事と妹の葬儀が終わったあとの出来事の時系列をひっくり返してしまった。小説の章を丸ごと入れ替えるみたいに。

家出した僕のことをまるで気にとめてくれなかったから。愛されていないとわかったから。それこそが母を嫌う最大の理由なのだと、この二十五年間ずっと思い続けて生きてきた。そう思い込まなければ、記憶の改竄に僕自身が気づいてしまうからだ。僕が正気でいるためには、決して安全装置をはずすわけにはいかなかった。

妹が死んだ責任は僕にあるという母への負い目もあった。だから僕はあの日以降、母を避けるようになったのだろう。

すべての事情を察した母は、僕の記憶に仕掛けられた安全装置がはずれぬよう、必要以上に僕にかまおうとはせず、でもなにかあったときはすぐに対処できるよう静かに見守り続けてきてくれたのだと思う。

丁寧に整理された本棚や引き出しを見れば一目瞭然だ。ほかの場所と比較して、この部屋だけは埃もほとんど溜まっていない。昨年のクリスマス・イブに訪れたときは、からくり時計の異音になど気づかなかった。たぶん、あのときはまだ正確に時を刻んでいたのではないだろうか？

もしかしたら、病に侵されたあとも、母は僕の部屋だけはまめに片づけてくれていたのかもしれない。

「あああああっ！」

裏庭のほうから聞き覚えのある声が聞こえた。

「ああああああああああっ！」

それはほとんど悲鳴に近い。

僕は部屋を飛び出すと、はだしのまま庭に向かった。伸び放題の雑草をかき分けて、先を急ぐ。奥へ進めば進むほど雑草の成長は著しく、ついには僕の背丈を超えるほどになった。

「キョンちゃん！」

彼女の名を呼ぶ。

「あああああっ！」

呼応するかのように、叫び声が響いた。しかし視界が悪く、どちらへ進めばいいのかわからない。まるで迷路だ。

キョンちゃんの声が、今度はすぐ近くで聞こえた。人の気配を感じて後ろを振り返る。

そこには茫然とした表情のキョンちゃんが立ち尽くしていた。胸には赤ん坊の人形を抱いている。

「圭介……」

彼女から漏れたひとことに、息が止まりそうになる。

「……母さん」

僕はひさしぶりにその言葉を口にした。

終章

昨年のクリスマス・イブ。

あ八のおばちゃんから連絡を受け、慌てて自宅まで戻ってきたとき、僕は目の前の光景にただただ愕然とするしかなかった。

冷蔵庫の前で気持ちよさそうに寝息を立てる母。彼女の周りには食べ物が散乱していた。中身のこぼれたスナック菓子やスーパーの総菜はまだいいとして、齧《かじ》ったあとのある生の玉ねぎや肉の塊を見つけたときは喉の奥からかすれた悲鳴が漏れた。

あたり一面にまき散らされた排泄物の強烈なにおいに吐き気を覚えつつ、僕は母の身体を揺すった。

た。

「……あ、おとうやん」

目を覚ました母は、よだれを無造作にぬぐい、僕の顔を見てにこにこと笑いながらそういった。

僕はすぐに救急車を呼び、母と共に病院へ向かった。

診断の結果は若年性アルツハイマー。あとであべのおばちゃんから聞いた話だと、一年ほど前からボヤ騒ぎを起こしたり、買い物帰りに道に迷ったりと、認知症を思わせる兆候があったらしい。どこかおかしいなと気にはしつつも、まだ認知症になるような年齢ではなかったことから、それほど深刻には考えていなかったそうだ。

だが母の病状は医師も驚くくらい進行が早く、もはや一人で生活することは困難なレベルにまで達していた。

母と一緒に暮らして彼女の介護をするか、それとも施設に預けるかの選択を僕は迫られることとなった。

こんなに早いとは思っていなかったものの、いつかそんなときが来るであろうことは覚悟していた。もちろん、母の介護などするつもりはなかった。どう考えたってうまくいくはずがない。愛されなかった僕に母を養う義務などない——ずっとそう思ってきた。

だが、おとうやん、おとうやん、と口にしながら、僕に甘えてくる彼女を見ると心が揺らいだ。僕のことを信頼しきったまっすぐな瞳。お母さんがここまで素敵な笑顔を見せるのは息子さんの前だけなんですよ、と看護師にいわれ、僕は戸惑った。

母のことは大嫌いだ。あんな奴、どうなってもいいと思っていた。だけど、血の繫がりというものは、そう簡単には断ち切ることができないらしい。

結局、僕は母を施設に入れることをやめ、自らの手で介護していこうと決めた。十年以上勤めた会社を去り、比較的自由に時間を使える職場へと移る。とんだお人よしだ、と自嘲するしかなかった。

美鈴には僕のほうから離婚話を切り出した。彼女はちょうどフリーライターの仕事が軌道に乗り始めた時期だった。美鈴はいつも自分より他人を優先してしまう――そういう優しい女性だ。僕のほうから拒まなければ、きっと苦労を背負いこむことになると思った。

予想したとおり、美鈴は僕の申し出に対し首を横に振った。長年病気で療養中だった彼女の母親が亡くなり、その分、これからは僕の母の面倒を見ることができると主張したが、僕はその申し出をきっぱり断った。彼女が不幸になることは目に見えている。苦労を背負い込むのは僕一人で充分だ。だから、僕は強引にことを進めた。離婚届にはまだ判を押してもらっていないけれど、今のところは別居生活に納得してもらっている。

しかし、僕一人きりで母の介護をすることはやはり無理だった。どうしても仕事が休めないときは結局、美鈴に頼るしかない。美鈴との話し合いで、週に一度だけ彼女の家へ母を預けるようになり、僕もいつの間にかそれに甘えてしまっている。

「……お母さん」

僕の声は震えていた。ゆっくりと彼女に歩み寄る。

「自分の名前をいえる？」

「梅澤杏子《ももこ》」

きょとんとした顔つきで答える。

「お父さんはお母さんのことをなんて呼んでた？」

「お見合いしたときに、モモコをキョウコと読み間違えて……それ以来、ずっとキョンちゃんって」

彼女は怪訝そうに眉根を寄せた。

「ねえ、どうしてそんなことを訊くの？」

「お母さん……僕が誰だかわかる？」

「圭介でしょ。ねえ、一体なにをいってるの？　今日はなんだかいろんなことがおかしいの。お母さんの頭、どうかなっちゃったのかな？」

多少舌足らずではあるものの、その口調はいつになくしっかりしていた。

「気がついたら公園にいて……どうしてそんなところにいるのか全然わからなくて」

しゃべりながら僕の目を凝視する。僕を頼りきったそのまなざしに、胸が苦しくなる。

「慌てて家まで戻ってきたんだけど、なぜか門扉がボロボロで庭も荒れ果てて……玄関のドアの鍵も見つからないし……ねえ、お母さん、どうしちゃったの？」

「大丈夫。なにも心配しなくていいから」

彼女を安心させようと、僕は母親だった人——いや違う、今は母だ——母の肩にそっと触れた。

「怖い……怖いよ……圭介」

母が僕にしがみつく。よほど怖い思いをしたのだろう。迷子になった仔猫みたいに、身体をぶるぶると震わせた。

それまで胸に強く抱きしめていた人形が地面に転がり落ちる。花柄の洋服には名札がつけてあり、そこには〈シオリ〉と記されていた。

ああ……。

二十五年前に亡くなった妹の顔が脳裏に浮かぶ。同時に、母の担当医の説明を思い出した。

認知症という病気は、昔の記憶がすっかり消え失せるというものではないらしい。記憶は脳の奥深いところに保存されているのだが、配線がうまく繋がっておらず、だから正しく再生できなくなるのだとか。記憶を呼び起こすきっかけさえあれば、一時的に回線が繋がることもあるらしい。

ひまわりの迷路をさまよっているときに出くわしたシオリちゃんという名前の人形。太陽の光を浴びて熱くなった人形を必死で看病する女の子。その姿が母だった人の海馬を刺激したのだろう。

詩織を早く病院へ連れて行かなくては。

反射的にその人形を奪い取ったところで、彼女は昔の記憶を取り戻した。

なぜ、あたしはこんなところにいるのだろう？　早く家に帰らなければ。

混乱しながら、母は自宅への道のりを急いだ。途中、転んで怪我をしたり、事故に遭ったりしなくて本当によかったと思う。

僕は心の底から安堵の息を吐き出し、母の背中を強く抱きしめ返した。

「こわかった……こわかったよお……おとうやん」

僕の顔を見て安心したのか、彼女は再び母だった頃の記憶を失い、僕のことを圭介ではなく、おとうやんと呼び始めた。

「もう大丈夫だから。おとうやんがそばにいるから安心していいよ、キョンちゃん」

昔母だった人にやさしく囁きかける。

夕陽が僕たちを照らした。西の空が赤く染まる。鉄塔の横に、妹の好きだったバナナが浮かんでいた。

「さあ、おうちへ帰ろう」

母――いや、お母さんと呼べば彼女が混乱する。僕はキョンちゃんの前に右手を差し出した。キョンちゃんは僕の手をぎゅっと握りしめる。

どうして、自分だけがこんな苦労を背負い込まなければならないのだろう？

母の介護を始めて以降、そんな疑問を抱かなかった日は一度もない。どうして、彼女を施設に預けなかったのだろうか、と後悔するばかりだった。

母を施設に入れていたなら仕事を辞めることも、美鈴と別居することもなかっただろう。自分のためにもっと有意義な時間を過ごせていたに違いない。

だけどその代わり、僕と母の関係が変わることもなかっただろう。こうやって母と手を取り合う日が来るなんて夢にも思っていなかった。

今日――義母の初盆で美鈴が泣きながら僕にいった。仕事にかまけて全然、親孝行をしてあげられなかった。どうしてもっと一緒にいてあげられなかったんだろう？　お母さんに尽くすことのできる圭介さんが羨ましいよ、と。

母の介護に追われる僕。母を施設に入れた場合の僕。どちらが幸せかなんて、そんなことはいくら考えたってわからない。答えが出るとも思っていない。

ただ今日、キョンちゃんが行方をくらましたことで、ようやく気づいたことがひとつだけある。

僕にとって、キョンちゃんは何物にも代えがたい愛しい存在なのだ、と。

庭を脱け出し、錆びた門扉を閉めていると、背後から聞き覚えのある声がした。

「あ、おかあやん」

キョンちゃんの顔がほころぶ。その目線の先には美鈴が立っていた。彼女の隣には僕と美鈴の娘――京香もいる。しばらく見ないうちに、また少し大きくなったようだ。

「よかった。お母さん、見つかったんだね」

そういって、美鈴はほっとした表情を見せた。

「圭介さん、ゴメンね。雑誌の打ち合わせ中だったから電話に出られなくて」

「よくここだとわかったな」

「隣に住んでるおばさんに聞いたの。駅前でキョンちゃんによく似た人を見かけたって話したら、圭介さんが血相変えて走っていったって――」

「おかあやん。けーすけさんじゃなくておとうやんだよ！」

キョンちゃんが口をとがらせる。

「ああ、ゴメンゴメン」

美鈴は笑って謝った。

「キョンちゃん、これみて」

京香が折り紙で作ったヤッコさんを取り出し、母だった人にしゃべりかけた。

「あ、かわいい。ヤッコさん、わらってる」

「きょう、ようちえんでつくったんだよ」

「あたしもおりがみ、だーいすき」

キョンちゃんの声も弾んでいた。祖母と孫の関係なのに、会話だけ聞いていると、まるで同年代の友達みたいだ。

「あたし、ツルをおるのとくいなんだよ」

「え？　キョンちゃん、ツルつくれるの？　すごい！　京香にもおしえて！」

「うん、いいよ」

「……いつの間にか、すっかり仲良くなっちゃって」

楽しそうに会話を続ける二人を見下ろしながら、美鈴が笑った。

「おとうやん、おなかすいたーっ！」

キョンちゃんがさけぶ。

「おなかすいたーっ！」

続けて京香も真似をする。二人の言葉に刺激されたのか、僕のお腹がぐうと情けない音を立てた。その音に二人は大笑いする。

「だったら、うちで食べてく？　ハンバーグ、たくさん作りすぎちゃったから」

「うわーい、あたしハンバーグだいすきーっ！」

美鈴の提案にキョウちゃんは両手を挙げて喜んだ。

「京香もーっ！」

「おかあやんはもっとすきーっ！」

キョンちゃんが美鈴の手を握る。

「パパもすきーっ！」

京香が僕の手を握った。

最後にキョンちゃんと京香が手を握り合い、僕たちは横一列に繋がった。

こんなふうになれたらいいねと、いつか美鈴が話してくれた家族の光景。その形は想像していたものとはほんの少し違っていたが、だからといって喜びが薄れるわけでもない。

この上ない幸せを噛みしめつつ、夕焼けに染まった路地を歩いていく。

握りしめたキョンちゃんの左手はとても温かかった。

初出

「はだしの親父」　「ジャーロ」２００７年冬号
「神様の思惑」　「メフィスト」２００７年５月号
「タトウの伝言」　「ジャーロ」２００８年秋号
「我が家の序列」　「ジャーロ」２００９年夏号
「言霊の亡霊」　書き下ろし

黒田研二（くろだ・けんじ）

1969年三重県生まれ。信州大学経済学部卒業。2000年，『ウェディング・ドレス』で第16回メフィスト賞を受賞しデビュー。近年では漫画版「逆転裁判」「逆転検事」シリーズの脚本、「青鬼」シリーズのノベライズ、スマホアプリ『DMM TELLER』でチャットホラー小説、演劇の脚本などを手掛ける。

家族《かぞく》パズル

第一刷発行　二〇一九年十二月十日

著者　黒田研二《くろだけんじ》

発行者　渡瀬昌彦

発行所　株式会社講談社

東京都文京区音羽二-十二-二十一

郵便番号　一一二-八〇〇一

電話　出版　〇三-五三九五-三五〇六

販売　〇三-五三九五-五八一七

業務　〇三-五三九五-三六一五

本文データ制作　講談社デジタル製作

印刷所　豊国印刷株式会社

製本所　株式会社国宝社

定価はカバーに表示してあります。

落丁本・乱丁本は購入書店名を明記のうえ、小社業務宛にお送りください。送料小社負担にてお取り替えいたします。なお、この本についてのお問い合わせは、文芸第三出版部宛にお願いいたします。本書のコピー、スキャン、デジタル化等の無断複製は著作権法上での例外を除き禁じられています。本書を代行業者等の第三者に依頼してスキャンやデジタル化することは、たとえ個人や家庭内の利用でも著作権法違反です。

© KENJI KURODA 2019, Printed in Japan

ISBN978-4-06-518073-0

N. D. C. 913　271p　19cm